中国专业作家作品典藏文库

中国专业作家作品典藏文库
吴宝三卷

那年好大雪

Na Nian
Hao Da Xue

吴宝三 著

中国文史出版社

目　　录

第一辑

第 二 辑

第 三 辑

第 一 辑

那年好大雪

二十世纪五十年代，松花江发大水的那年冬天，雪大得出奇，铺天盖地，仿佛进入一个混沌世界。“遍地鳞甲飞，疑是玉龙斗”，雪片纷纷扬扬，下个不停，地上没了路，焉能行马通车，乡镇村屯恍若与世隔绝。

我家所在的榆林镇，呼兰河里的大小船只尽被雪吞没，一趟趟低矮的碱土平房，被大雪盖得严严实实，积雪平了窗台，堵住屋门。早晨要去上学，我只好用裁纸剪刀从屋里划开窗缝，推开纸窗跳了出去，把门口的积雪堆将起来，打开一条出门的通道。

上学路上，一个个背着书包的孩子，在齐腰深的大雪中跋涉，好像身背游泳圈在雪浪中奋力游泳。到了学校教室，先设法进入教室，然后用玉米瓤子点燃火炉，倒出鞋窠里的残雪，将湿鞋放在炉盖子上烘干。

顶着飘雪，全校师生总动员铲雪。铲雪工具采用推土机原理，既简单又实用，在锄杠或锹把头上钉上木板，几个人一起往前推，眨眼间，操场上堆起的雪堆，似大地上丰收的谷垛。我们班教室窗前堆起一个个雪人，不知哪个淘气鬼给门口的雪人嘴上插根树枝，似叼着一支大烟斗的马戏小丑。雪不停地下，同学们不停地推铲，一张张小脸蛋冻得通红通红，吐出的哈气在头发、眉毛上结成一层层霜花。

大雪终于停了，阳光格外明亮，照在雪地上晃得人睁不开眼睛。学校突发奇想，趁大雪覆盖大地，动物出来觅食之机，组织全校师生去打野兔。于是，老师领着各班同学，手持棍棒家什，浩浩荡荡向五里外的王家窝铺进发。我此前去过那里，平日里常见三三两两的野兔，无忧无虑地在大地上追逐嬉戏，今日怕是在劫难逃了。

几百号人排着队，在红旗猎猎、歌声阵阵中行进，颇似当年红军两万五千里长征翻越雪山。打野兔采取的战术是围剿，圈定范围后，团团围住，逐步收缩，就像打鱼一样，收网取兔。呜呼，一只只活蹦乱跳的野兔在棍棒下死于非命。命大的野兔从低年级小同学胯下夺路而逃，这些小同学不能亲自将其斩杀，好一阵望兔兴叹。

围剿野兔行动，在镇子上掀起一阵不大不小的波澜，人们津津乐道，我和几个小同学被视为野兔的同党，成了让人取笑的天真烂漫的小傻瓜。昨夜星辰昨夜风，年逾古稀的教导主任提起当年这档子事，连连摇头，追悔莫及。围猎无功而返，我回到家里，无心思堆雪人、打雪仗，便和几个小伙伴找来几个破旧的"喂大罗"（俄式水桶），装上水，放在门外冻起来。第二天将冰坨倒出来，将中间没有冻实的地方掏空，几盏冰灯制作成功了，一点也不比大人制作的逊色。冰灯放在堆起的雪人头顶上，似一顶顶晶莹剔透的王冠。

过年了，我在冰灯中间点燃一根粉红色的“磕头了”，顿时放射出迷人的光彩。此时，家家户户或门前或院门口冰灯闪烁，浑然一个美丽的童话世界。冰灯照得那些雪人憨态可掬，一棵棵大树下堆起的积雪，蜿蜒起伏，形状各异，似天鹅展翅，似虎豹匍匐。而冰灯中间跳动的烛花，令我想起王家窝铺的剿兔大战，想起野兔的家园和它们祈求保护的一双双红红的眼睛。

2002 年 1 月 28 日

风雪伴我上中学

十三岁那年夏天，香瓜刚刚开园，家人从外面跑进门来，兴冲冲告诉我“中了”，我考取了铁力县中学，在大街上看发榜的人围得里三层外三层。街坊邻居纷纷过来道贺，我依然想着瓜园地头我的蝈蝈们。时为1957年。

背着极为简单的行李，拎个线网兜，兜里装着一罐头瓶子咸菜和一个搪瓷水缸（也是牙缸）。报到后才知道，学校正在新建校舍，暂住在位于西大河边的编织社的院子里，去学校上课，天天步行往返通勤。

空旷而拥挤的编织社一下子热闹起来，院子里堆满柳条，编织筐篓，学生们吵吵闹闹，熙熙攘攘。宿舍是一栋厢房，坐东朝西，屋里用木板搭成两排床铺，中间一条过道，像生产队两铺南北大炕。刚刚入学的新生和高年级的老生插花住在一起，住了三十多人。不论新生还是老生，看上去好像都有二十来岁，这些山里人的后代对我这个来自乡下的小老疙瘩呵护有加。

萧瑟秋风送来北方最寒冷的季节。每天早上哨声一响，赶忙起床，早饭是一碗高粱米粥、一块咸菜，吃罢便去学校上课，走进教室天方大亮。放学后天已黑尽，又三三两两回到宿舍。每天两点一线，往返八公里。

这一年雪特别大，天特别冷，上学路上，我用薄薄的围巾把嘴和耳朵捂得严严实实，只留一道缝隙看路，霜雪挂在睫毛上，一眨眼一颗水珠。穿的小棉袄虽然单薄，但走起路来出一身汗，背上析出一层霜花。不论男生女生，不论年纪大小，没有一个人说苦道累，欢乐总是写在一张张天真烂漫的脸庞上。

就寝熄灯前是我们最欢乐的时光。宿舍里的大铁炉子烧得通红，屋里暖暖和和。有的同学靠在铺位行李上摇头晃脑背课文；有的坐在炕沿上拉二胡或站在地中间吹笛子；还有的穿着背心裤衩，在板铺上走来走去，嘴里哼唱着电影《流浪者》插曲：“到处流浪……”我尚未学过古文，听高年级同学背诵《岳阳楼记》，“先天下之忧而忧，后天下之乐而乐”，我听得入了神，渐渐将这篇课文从头到尾背了下来。会吹笛子的这位高年级同学，常给报社投稿，常读诗给我听，借给我看《青春之歌》《林海雪原》，他是我的师兄，亦是引导我走上文学之路的启蒙老师。

我喜欢我的老师们。数学老师是华罗庚先生的弟子，历史老师是周恩来少年时的同学，但他们从不炫耀自己。图画老师毕业于中央美术学院，对着镜子自画像，那般惟妙惟肖。而音乐老师在课堂上唱起歌剧《白毛女》，“喜儿喜儿，你睡着了”，同学们听得泪流满面。不知何故，这几位老师都成了“右派”，翌年

“大跃进”伊始，勒令他们身背绳套人拉马车运塔头墩子，烧草炭大炼钢铁。每当我见到他们或低着头，或转过脸，或流露出一丝苦涩的笑，心里就有一种说不出来的滋味。一位外国小说家说，穷人在想哭的时候也常常笑的。我无论如何笑不出来，只想哭。

2000 年 11 月 15 日

大雪封门回江北

我的家乡在松花江北岸，呼兰河畔的兰西县榆林镇。

小时候，人们去哈尔滨，往往说上江南，因此，我家居住的这个镇子自然就成为江北了。

第一次到江南的哈尔滨，我大约十一二岁。那一年，雪下得比往年都大，铺天盖地，回江北成了问题：一是没有公路，不通汽车；二是坐火车只能到对青山，下车后再走旱路，但火车每天只有一趟，且“误点时间不定”。正在省陆军医院休养的家兄，找了几天，不知在哪儿找到一台去对青山的捎脚破旧吉普车，先预付了车钱，然后给我裹上羊皮军大衣，往大衣兜里装上全家过年用的二十元钱，叮嘱了我一番，车便起程了。

驶出哈尔滨市区，就没有路了，远处山冈、房屋，近处田野、树木，一片白茫茫。刚一上车时，我为坐上从未坐过的小汽车兴奋不已，然而过了不久，两脚冻得像猫咬一样疼，汽车上下左右颠簸，脑袋直往车篷的铁栏杆上撞。司机很和善，不断提醒我扶好把手，让我在原地活动活动身子，跺跺脚取暖。车子从早晨出发，开到晌午歪了，才到了对青山，六十华里跑了多半天。司机把我送到火车站，让我暖和过来再去步量那四十五里路。他一直目送我进了票房子，才把车开走。

这个小火车站本是个小候车室，可在我眼里是那么宽敞。墙四周是一排木条板凳，屋中间是一个大汽油桶改装的火炉，十几个候车的人在围着火炉唠嗑。

大伙见我进来，一边忙招呼我过来烤火，一边往炉子里加几块木柈子。一位老大爷听说我去榆林镇，不无担心地说："道不好走哇，狼也多！"我吓得心口怦怦直跳，老半天说不出一句话来。老大爷转而说道："也没那么邪乎，去年冬天，一个大骨头节老太太走这条路，一条野狼从后面突然扑上来，两只前爪搭在老太太的肩膀上，只要人一回头，狼就会一口咬住嗓葫芦。老太太没有惊慌失措，两只手抓住搭在肩上的狼的双爪，一哈腰，往前猛一使劲儿，把狼从头顶摔在地上，还没等狼缓过气来，抡起棍子朝狼腿狠狠砸去。狼腿细得像麻秆儿，一打就断！"听罢这席话，我顿时来了精神，老太太都不怕狼，我岂能怕它！

谢过众乡亲，我从路边捡了一根茶杯粗细的木棍子，气宇轩昂地踏上雪路。

走了估摸一堂课的工夫，脚下穿的胶皮乌拉冻得硬邦邦的，鞋底已不能回弯儿，哈气在眉毛上挂满霜雪，劳累加上紧张，身上不住冒汗，稍一歇脚，寒风吹得后背透心凉。正在这时，听到汽车马达声，回头一看，一辆大货车开了过来，我忙让路，闪在一边观望，不料汽车在我身边停下来，司机探出头来问我上哪儿去。知道我去榆林镇，司机挥手道："要不怕冷上车吧!"此时，我既怕天黑又怕野狼成群，唯独不怕冷，恰似遇见了救星。趴在满载钢筋的汽车上，犹如躺在儿时的摇篮里。

从未坐过汽车的我，一天之内坐了小汽车又坐大汽车。在大雪封门的日子，在一百里路的雪野上，既没有遇见不开面的江北胡子（土匪），也没有遇见狼，倒像大风天在松花江上坐小船一样，有惊无险，折腾一整天，才从江南回到江北来。

2000 年 1 月 18 日

雪落时节苏雀鸣

和苏雀儿的情感像一条细细的绳索，常常牵出往日的记忆。

我的孩提时代是在老家兰西县榆林镇度过的。成群结队的苏雀儿，伴着冬天的脚步悄然而至，特别是雪后，它们从东沟子的树林子里飞进场院觅食，扑棱棱飞起飞落，遮天蔽日。我就是从这个时候开始捕雀儿的。

先是向邻居或大同学借雀儿笼。雀儿笼是用秫秸、竹篾或细蒿秆扎成的，有滚笼和拍笼之分。滚笼方方正正，谷穗放在滚上，只要苏雀儿往上一站，便将雀儿翻将下去，每次滚个十只八只不在话下。而拍笼就不如滚笼先进了，像扣网一样张开，铺上谷穗或苏籽，雀儿踩在支棍上一下子被扣在里面，每个拍笼只能扣一只。滚笼操作起来不那么简单，因此我只好在借拍笼上动脑筋。

穿一件单薄的空筒棉袄，兜里揣两个冻得硬邦邦的黏豆包，和般大般的小伙伴一阵疯跑。江北雪片大如席，大雪填平了沟沟坎坎，封盖了大路小桥，唯有捕鸟孩子的脚印填不平盖不满。我用省下来的午饭——两个黏豆包的代价，从小伙伴手里借来一个像船一样形状的拍笼，喜滋滋地跑回家里，将其挂在后园子的秫秸障子上。我从后窗向外张望，但见呼啦飞来一群褐色的雀儿，一忽儿又飞走了，原来是家雀儿，我们称之为“老家贼”，这帮家伙精灵得很，什么笼子也休想诱它们上套。又过了一会儿，笼中的雀“油子”起劲地叫起来，一大群苏雀儿落在障子上，在白雪的映衬下，红肚囊红脑门依稀可见。不一会儿，四只苏雀儿自投罗网，被扣在拍下，成了我的俘虏。

我把这四只苏雀儿放进窗户格子里，用线绳拴上紫苏和籽粒饱满的谷穗，吊在窗户上，找来一个酒盅倒上清水，好生喂养。过了十来天，苏雀儿不再胆战心惊，情绪稳定，逐渐和我成了朋友，只要我一吹口哨，它们就跟着歌唱，每天在屋里悠然飞上几圈，然后又回到窗格子里的家。

一日突发奇想：打板算命先生用黄雀儿抽帖，我何不驯一下苏雀儿？于是，用烟盒叠了一些纸帖，装进一个小木盒里，帖上撒上小米粒，让苏雀儿吃米衔帖。不知是驯雀儿不得法，还是苏雀儿智商低下，驯了数十次，也未驯成，到后来连小米都不吃了，怕是米放得过多的缘故。

不经意间发现，每当窗格之中的苏雀儿不停地鸣叫，定有一帮苏雀儿从天上飞过。那叫声时而婉转，时而哀怨，我猜想，那当是雀儿们天各一方的思念。那时年幼无知，尚不懂得保护生态环境，捕雀儿只觉得好玩。父母亲先后说话了，放它们回家吧！

我本不是很听话的孩子，这次却不假思索，拎起鸟笼子直奔东沟子，打开笼子门将雀儿送回老家。四只苏雀儿吃力地飞上挂满霜雪的枝头，两翅已失去昔日的敏捷，跳动迟缓，反应呆滞。它们能在冰天雪地中生存吗？我的鼻子发酸，眼泪几近滚落下来。

2003 年 1 月 5 日

心家在乡土

无忧无虑天真烂漫的孩提时代，深深刻在记忆的年轮上，那一幕幕故园往事，常常从岁月的深处飘然而至。

我的家乡在呼兰河西的一个乡村小镇，记忆最为深刻的就是贫穷。我几乎干过同龄孩子所干过的一切活计：挖野菜、撸榆钱儿、舀土豆、刨楂子、抱着木杆推碾子拉磨、踩着小板凳烀猪食……也干过本不该我这样年龄的孩子承担的活计。那一年，我患了关节炎，膝盖疼痛难忍，走路一拐一拐。父亲去世后，家境如同我的双腿一样，度日艰难。放暑假了，我背着母亲，偷偷去给人家当小工。每天光着脚丫，在冰冷的水中和好泥，踩着跳板一挑挑送到房顶。干到第三天，一个叫王瑛的高我一级的同学，从屋顶上扔下一块瓦片，结结实实砸在我的头顶上，我顿时倒地，老半天才醒将过来。王家比我家还穷，孤儿寡母相依为命，根本拿不出买药钱。母亲百般不让王家娘俩登门看望，一次次对我说，大难不死已是万幸，咱们不能要人家分文！我吃了几片药，躺了几天，又去上工。仁爱之心始于母亲，母亲是一位没有读过书的乡下人。

童年又是美好的。春天，在大地里挖野菜，我分辨不清苣荬菜和苦麻子，往往挖得最少，而大娘、大婶、小姐姐却一声不响地将我的菜筐装满。在呼兰河边，我躺在瓜窝棚边的沙土地上，蚊香忽明忽暗，我一遍遍数着似伸手可触摸的星星，听看瓜老人讲述他和乡亲们鲜活的故事，震撼着我幼小的心灵。我爱乡土，我爱乡下人，鄙视称我的乡亲为“老屯”的“城里人”。我曾同小伙伴去攀登马鞍山，那是一个人与树、人与鸟和谐相处的世界。迷路了，是那条清亮的小溪将我们带出朦胧，见到明朗的天地。绿水、青山、碧野，在这山环水抱的生态环境之中，我同树结下了不解之缘，和森林神脉相通。对大森林，对绿树挚爱弥深，日后才有几百字环境文学作品问世。

我十三岁那年离开家乡，步行四十五里路走到对青山火车站，在票房子里见到有人剥橘子，阵阵清香沁人心肺。我不知道那东西为何物，却提不起精神去打听，一门心思想家。当有生以来第一次坐上火车时，车还没开，我又开始想家，成了鲁迅笔下《故乡》中的水生。

福克纳说过，一个作家最大的财富莫过于他有一个苦难的童年。四十五年之后，我写了一首歌词：远行带着故乡/世代居住的茅屋/门前栽种的白杨/少小离家的徘徊/林间鸟儿的鸣唱/夜深的时候品味/泪水止不住簌簌流淌//远行带着故乡/呼兰河畔的瓜果/松嫩平原的粮仓/一方水土的乡音/殷殷期盼的目光/梦醒的时候回味/留恋化作飞翔的翅膀//走吧/不要回头张望/故乡陪伴在身旁/吃过百家饭/穿过百衲衣/我要像在田间耕耘/播种善良纯朴/播种杏花枝头的太阳/回报这片深情的土地/脸上布满沧桑的爹娘。儿行千里带着故乡。城市的喧嚣湮灭了童年的田塍、瓜棚，我的心之家仍在故土。

2003 年 5 月 19 日

井沿儿

六十年代，我家住在庆安县北二道街街口。房东头不远，有一眼大井，井沿儿是我最常去的地方。

那时只有十几岁，不谙世事。邻居仇大爷是个水信，每天给附近各家各户送水，裤腰别着两串水牌子哗哗直响，我觉得挺好玩，便一趟趟跟着仇大爷往井沿儿跑。到了井沿儿，仇大爷从不让我靠近水井，他把两只桶放在井的一侧，吱吱扭扭摇起辘，我在一边数数，摇十五六转才能打上一桶水来。有时，仇大爷累了歇歇脚，卷支旱烟抽，便解下腰间的水牌子，让我数着玩。数着数着，仇大爷定会眯起眼睛问我：你会算算术吗？每担水一个牌子，一担水三分钱，大爷一天挑多少担水，收入多少钱？我算了一回又一回，怎么算一天也挣不到一元五角钱。仇大爷很快乐，整天价嘻嘻哈哈，没有愁事，扁担在肩头吱吱呀呀叫，好像一支永远唱不完的歌。

尽管大人一再嘱咐小孩不要上井沿儿，我还是常约几个半大孩子去玩。趴在井沿儿往井里看，凉气扑面，井的四周是一层层绿苔，好似一片片盛开的韭菜花。人影在深咕隆咚的水面上晃来晃去，有几分恐怖，如大人所说，井下大概真有一个世界。我曾纳闷，梁山伯与祝英台干吗来井台相会？

冬天的井沿儿最有意思。夏天只能喝到辘轳摇上来的不落地的柳罐里的井水，而冬天能吃到又甜又脆的冰块，好吃极了，要比城里的冰棍好吃百倍。在我们这帮孩子的眼里，井沿儿的前前后后，是世界上最好的游艺场，女孩子打出溜滑，男孩子在两块木板下面钉两根铁丝，绑在脚上当冰鞋滑冰。在零下三十几度的严寒里，一个个玩得那么开心，头上腾腾直冒热气，背上透出一层雪白的霜花。到了春节，从初一到初五，孩子们穿着新衣服来到井沿儿，在冰上打滚，祈盼滚来一年的好运气。

我上高中那年，正是“三年困难时期”，家里为了省点钱，不再用仇大爷送水了，我和弟弟上井沿儿抬水。每次打水，来挑水的叔叔、大爷赶上了，都赶忙过来帮一把，并一再嘱咐要当心，当心脚下冰滑，更要当心辘轳把，碰着可了不得。一年后，我能自己挑水了，开始挑两个半桶，后来挑满桶，一直挑到高中毕业。

逢年过节是井沿儿最热闹的时候。家里都要提前把水缸挑满，井沿儿周围一下子涌来那么多挑水的人。虽然多达几十人，却从来不用排队，人们三三两两在一起唠嗑，悠然自得，不像是来挑水，倒像在开会讨论什么。不争不抢，你谦我让，老人、妇女、儿童优先，大家都主动上前帮忙，这是多少年来井沿儿立下的不成文的规矩。有一个不戴棉帽子的年轻人，摇起辘轳不下架，也不问谁家的水桶，只要在井边上，就统统加满。在大家一再催促下，他才放下辘轳，走下井台，挑着一担水乐呵呵离去。

当年的井沿儿已经不复存在，只能一回回在梦中寻觅。井沿儿，当是我孩提时代的课堂。

2001 年 12 月 9 日

卖　菜

读书期间，我有过两次卖菜的经历。

1960 年，我在庆安一中初中毕业，考完高中在家等候发榜。时为“三年困难时期”，毗邻庆安县的桃山林区刚建林业局，蔬菜奇缺，许多人置“投机倒把”罪名于不顾，纷纷往大山里倒卖菜，我亦加入其行列之中。

一个只有十五岁的幼稚少年，扛上一面袋豆角、土豆、茄子、黄瓜，用布兜子拎个盘子秤，坐近两个小时的火车到达桃山，卖完菜，当天打来回。有时车站值勤人员或列车员见是倒卖菜的，不让上车，就只能偷偷爬上过往货车，如到桃山站不停，那就惨了，不知被拉到哪里去。有一回，火车一气把我拉到终点站，下车天已大黑，一天滴水未沾，什么东西也没吃，肚子饿得咕咕直叫。吃根黄瓜充充饥，便躺在票房子的长条凳上，枕着菜一夜难眠，好不容易熬到天亮。第二天卖完菜匆忙返回庆安，母亲急得不行，以为我丢了呢！

在桃山卖菜快乐极了。一声吆喝，人们呼啦一下子围了上来，既不问价也不挑选，不一会儿将菜一“抢”而光。没买到的，还一再问我明天还来不来。卖菜中，我练就了“一把抓”的本领，买多少钱的菜一抓即妥，上秤一称基本不差，秤杆头高头低而已。我这个小菜贩子待人和气，讲诚信，童叟无欺，从不随意抬高菜价，且足斤足两，在我那片卖菜“辖区”享有不错的口碑，成为林业职工家属的朋友。倒一回菜，毛挣两三块钱，扣除火车票，净剩块八角，一个暑假下来，学杂费总算有了着落。兜里虽然挣了点钱，仍吃玉米面大饼子喝凉水，竟舍不得买我最爱吃的三分钱一根的冰棍。

第二次卖菜是大学毕业的前夕，我到北影实习，随同编导室曹硕龙、高振河先生创作电影文学剧本《卖菜姑娘》。此片由谢铁骊这样的大腕导演，那样的年代又风云多变，我们几个人听命于领导，小心行事，不敢有丝毫倦怠。

先是到市郊的蒲黄榆蔬菜生产基地采访、搜集素材，清早从学院北路的北影厂出发，傍晚从蒲黄榆归来，每天挤公共汽车从北到南往返四十余公里。时值溽暑蒸人的盛夏，其热难耐，整天大汗淋漓，一个月后，每个人都折腾瘦了一大圈。接着又去体验生活，到北京最大的西单菜市场站柜台卖菜。菜价有标签，上秤一称算账了事。可是说来好笑，老曹、老高均毕业于名牌大学，都戴着高度近视眼镜，称完菜后不认秤，两副眼镜贴着秤杆研究来研究去，像考究甲骨文，急出一头汗来。买菜的老太太以为是来校秤的师傅，不满地嘟囔道：“秤有毛病咋不早点修？耽误事!”我赶紧接过秤来，三下五除二算账收钱，将老太太乐乐呵呵打发走，这才替他俩解了围。二位老兄对我这个小老弟从此刮目相看，他们哪里知道，卖菜对我来说轻车熟路，认秤简直是小菜一碟。

此后渐有所悟，少年时代的卖菜经历弥足珍贵，度过的那段贫穷日子，当是我为人和为文的启蒙老师。

2001 年 8 月 25 日

看 电 影

从上小学到高中毕业的十二年间，比起同龄人来，我看电影少得可怜，但聚在一起吹牛，常常如数家珍，国产片《钢铁战士》《英雄虎胆》《羊城暗哨》，外国片《射击场的秘密》《流浪者》《忠诚》等，能历数出一大串熟悉或不熟悉的电影名字。其实，有的电影我看过，而大多数是从张贴的电影海报上看来的。何也？日子过得太穷，看一场电影要花两角五分钱，足可买三斤玉米面，这可是三口之家一天的口粮啊！

我家离县电影院很近，偶或禁不住隐隐传来的音乐的诱惑，估摸电影放映一多半了，看门的也该撤了，就偷偷地跑进去看一会儿。有时刚进去，观众开始陆续退场，银幕上已赫然打出“再见”了。尽管这样，我也算看了一场电影，凭借内容提要第二天可以毫不脸红地向同学们云山雾罩炫耀一番。

有一回放学回家路过电影院，见电影院门口新片预告栏里写着今晚放映国产艺术片《刘三姐》。我最爱看的是反特片或战斗片，对戏曲片、纪录片之类不感兴趣，也不懂何为艺术片，对此没有特别在意。出于好奇，当晚，脚步竟不由自主地迈到电影院，溜进去看了十来分钟。我被那秀丽的桂林山水和美妙动人的山歌深深打动。银幕上，似乎是刘三姐对歌取得了胜利，正和阿牛划着一条小船，在如诗如画的江面上对唱："连就连，你我终身订百年，哪个九十七岁死，奈何桥上等三年。"三句平平一句奇，最后一句歌词精彩至极，一个先走了，另一个无可奈何在桥上等到百岁，有情人对爱情竟这般忠贞！此时，我极想从头到尾好好看一看这部艺术片，平生第一次因与一部电影失之交臂而惋惜不已。我的写诗生涯，怕就是从这时起步的。

事有凑巧，翌日中午，听到十字街（县城中心）电线杆上的大广播喇叭正播放《刘三姐》的电影录音剪辑，我撒腿就往刘铁民同学家跑。那时，一个班级仅有两三个同学家能买起收音机，我家不要说没有收音机，连有线广播也安不起。

从十字街一气跑到北二道街东北角，跑了十多分钟，气喘吁吁踏进门槛，把老刘家吓了一跳。待主人把电台调出来，一听，已近尾声，和电影院那次一样，里面又是对唱"连就连……奈何桥上等三年"，我大失所望，现出几分无可奈何。

这是1962年的事，孰料过了二十年，我在辽西的一家疗养院见到了这部电影的编剧乔羽先生。

那日晚饭后，我同著名词作家张士燮、凯传陪同乔羽夫妇在庭院散步，边走边聊，我对《刘三姐》倍加推崇，对"奈何桥上等三年"大为赞赏。乔老先生操着浓重的济宁口音说："这个奈何桥在泰安,《山东考古录》有记载，和唐代《宣室志》中说的差不多。”我一听，如同挨了一闷棍，不由“啊”了一声。多少年来，我一直把“奈何桥上等三年”理解为无可奈何在阴阳交界桥上等待三年，不知确有奈何桥之说。在海滨疗养院一待就是十五年，恍若隔世，不知有汉，何论魏晋。我忙不迭道：“大错!大错!”弄得乔老爷和在场的词作家们不知我发什么神经，一时皆摸不着头脑。

2000 年 10 月 5 日

老镇驴皮影

皮影戏这个古老的地方剧种，在历史上占有一席之地，深为东北人喜爱。说起驴皮影，今日之年轻人怕不知为何物了。

我的童年是在呼兰河畔兰西县榆林镇度过的，距哈尔滨百余里，不通火车汽车，没离开过老镇一步，皮影戏是我最早接触的一种娱乐形式。民间老艺人用薄片透明之驴皮，雕成人物等形，夜间于台上架纸窗，借灯光照映，远视之意态生动，戏者各肖所提角色以奏曲。“远看灯光照，近看像个庙，里头人马喊，外边哈哈笑。”我对驴皮影入了迷，常常饿着肚子看到终场。那时上演的大都是古装戏，内容皆是忠孝节义、因果报应之类的段子，我就是从那个时候学会唱《苏武牧羊》这首歌的，我被这位“为臣不易”的外交官感动得哭了，还知道了秦琼为朋友卖了黄骠马，关云长千里走单骑……

记得上小学三年级那年寒假，白天和一帮小伙伴提着鸟笼滚苏雀儿，在大门口堆雪人、打出溜滑，晚上就没有什么可玩的了。我的同桌小六子见多识广，提议演驴皮影，得到一致响应。于是，大家分头弄木板条子、铁钉和大白纸，糊好影窗，又凑了点钱，买了两根蜡烛和一盒“磕头了”（小蜡烛），剩下最大的难题就是上哪儿去弄驴皮影人。刻影人太高难，自己动手做不了，只好回家向大人要钱，谎说买开学用的笔墨纸张，凑齐钱后便去西街老影匠李大爷家去买。

老影匠早已休业，影人大多残缺不全。我们也不在乎，踏破了他家门槛，软磨硬泡，总算买到十多个缺胳膊少腿的古装影人。天一擦黑儿，我们这一小帮儿在小六子家的后道闸支起影窗，自编自演唱起来，有时得意忘形碰翻了蜡烛，烧了影窗，不知所措，大人闻讯赶来“救火”，免不了挨一顿大骂。第二天悄悄修复影窗，又恢复演出。观众越来越多，不光小朋友，有时大人也来看上几眼，一个寒假，甭提玩得有多开心。

“张灯做戏调翻新，顾影徘徊却逼真。环佩姗姗莲步稳，帐前活现李大人。”十几年后，当年这个“戏班子”中，老影匠的儿子考上了艺术学校，毕业没几年便在省木偶剧团担纲；小六子成了当地的画家，画柜橱画炕琴兼“烙花”，很有点名气；而我弄起文学创作。是不是皆得益于这个有独特艺术风格的驴皮影，亦不可知。

2002 年 1 月 5 日

担　　子

故乡在江北，是一个不算很大也不算很小的百年老镇，名曰榆林镇，当年这里有好大一片榆树林子，或许由此而得名。镇的南边是马鞍形的小山，东边便是颇有一点名气、静静的呼兰河了。上山挖野菜、摘山果，下河洗澡、划船，打口哨学鸟鸣，和成群的山雀在树林间追逐嬉戏……这山这河伴我度过最美好的童年时光。

那时，家里开了一个小杂货铺，卖点烟酒糖茶、肥皂蜡烛之类。临街两间碱土房，山墙用碗口般粗细的木头柱子支着，像一位倚杖叹息的年迈老者，房檐寂寞生长的枯草，似老者在风中飘舞的胡须。阴天下雨，这趟街从东到西没有不漏雨的房子，只要雷声一响，各家各户赶紧爬上房顶，用碱土堰房。我用拴鞭子搓的麻绳绑两只掉“腿”的土篮子，效仿大人的样子跟着一趟趟挑土。担子第一次压在稚嫩的肩头，那一年我只有十二岁。

“大跃进”那年夏天，人民公社动员抗旱，全镇工商个体户每家出一名劳力。父亲体弱多病，家兄在部队服役，我和母亲加入了抗旱大军。年逾半百的母亲挑了几担水后，我就抢过担子，将挑水的钩子挽在扁担上面，和比我高一头的大人一道挑水。两桶水挑不动就挑两个半桶，一路踉踉跄跄，水从桶里漾出来泼在地上，浑身上下溅满泥点。没几天的工夫，我居然能挑水自如了。抗旱庆功大会上，我和母亲都上了光荣榜，我着实高兴了好一阵子。

“三年困难时期”伊始，我确乎开始懂事，感到家境一年不如一年。冬天取暖用煤，由原来每年买半马车，到买一手推车，再到买一花筐，最后只有零星买点，我用两个破面袋子往家挑。做饭、烧火炕全靠下屯用片镐刨出的玉米楂子，用铁耙子搂豆叶豆秆，煞好，用绳子捆几道由我挑回家里。挑煤、挑柴的担子尽管比挑土、挑水的担子轻许多，我却感到异样沉重。上中学的学费缴纳不起，母亲早生的白发日渐增多。

放暑假了，我找来两个破筐，自己动手拴了一副担子，也不向家长请示，自行做主，走街串巷卖起菜来。每天卖菜的路线是有选择的，我宁肯挑着几十斤的重担多跑几里路，到住户稀少比较偏僻的背街去卖，也不愿在人多热闹的地方出入，怕见到我的老师、我的同学，脸面还是小事，如被扣上一顶什么“倒买倒卖”的大帽子，书还如何念得成？幸运的是，卖了一个假期的菜，老师和同学偶尔碰上，也都装作没看见，担惊受怕的事终未发生。

“三十八年过去，弹指一挥间。”我不论去城市的建筑工地挑土、挑砖，还是插队落户在乡下摇辘轳挑水、担柴，秋天里运菜，冬天里拉煤，担子放在肩头，我挺起腰杆不曾有一丝打怵，这当是故乡给我的恩赐。

浪迹天涯的游子，年届不惑又回到故乡的身边。我能回报故乡什么呢？我最怀念但已不复存在的那片榆树林子，曾运去过云杉、龙爪槐树苗，捐赠我创作的保护生态、保护环境、保护家园的图书。亦曾携妻带女拎着鸟笼去呼兰河畔的柳条通里放生，从此，在北京上大学的女儿，每年的爱鸟日都走向街头散发宣传单，假日和同学一起去紫竹院公园守护斑头雁。我常常驱车百里，赴故乡的南下坎——东沟子，寻觅当年人与树、人与鸟、人与鱼和谐相处的那块乐园，呼吁参与生态环境保护，唤醒社会公众的环境意识。

对故乡，我像眷恋山岫的白云，千百次地问自己：何以有不能释怀的故乡情结？这是因为，孩提时代的担子始终在肩上，想把担子放下来，对于我是一件很难做到的事。

2002 年 3 月 16 日

蝈　蝈

久居闹市，少有安静。夏天来了，门窗大开，喧嚣嘈杂之声不绝于耳，由此对声音深恶痛绝，唯独对蝈蝈的鸣叫情有独钟。

进城以来，每年一进夏天便从早市买回一两只蝈蝈饲养。当我拎着小小蝈蝈笼往家里走，心花盛开，连上楼的脚步都比往日轻盈。城里没有蝈蝈爱吃的角瓜花、倭瓜花，就喂它黄瓜瓤、黄瓜片，每日三餐。不管它何时鸣叫，两翅顿时扇来山野田间清爽的绿风，把我带回并不遥远的松嫩平原的家乡，带回贫穷却完整的金色童年。

小时候，对我最具诱惑力的就是蝈蝈。爱屋及乌，对蝈笼也爱不释手，特别是那种用秫秸箭秆扎就的小房子蝈笼，上下两层，大厅小间，精美至极，我以为当是世上无与伦比的建筑。人住破旧的泥房马架，对蝈蝈的居室生出些许嫉羡。

有一日大清早，我约几个同龄小伙伴第一次去抓蝈蝈。光着脚丫，蹚着露水，在树东头的那片草地上转悠到日上三竿，不要说火蝈蝈、绿豆蝈蝈、蛤蟆蝈蝈们踪影皆无，连“打点”的叫声也没听见，只抓住一只不会鸣叫、尾巴带刀的“大叫驴”蝈蝈。

在大哥哥们的指点下，一个大热天，我们来到蝈蝈的集散地——南城子大沟边，沟南是坟茔地，沟北是一望无际的麦田。烈日当头，一时间，蝈蝈们叫得惊天动地，我们高兴得手舞足蹈。蝈蝈亮起歌喉，像歌手大奖赛一样，你方唱罢我登场，个个全身心投入。不管我们吆喝不吆喝，喝彩不喝彩，它们全不在乎，情绪依然，不像时下有的歌星用假唱蒙骗听众。

几个胆大的伙伴上坟茔地去抓火蝈蝈，我不敢跟着去，只好在麦地边上搜寻，发现不远处有叫声，赶忙蹑手蹑脚走过去。只见麦穗上站立着一只大“绿豆”，两手一扣，大“绿豆”一下子沉底溜了。又发现一只，还是逮不住。气急之下，我冲进麦田里，把麦子扑倒一大片。忽然，有人咳嗽了一声，回头一看，是一位叼着旱烟袋戴草帽的白胡子老爷爷。他一边心疼地扶起正在灌浆的麦子，一边对我说：“傻小子，你这哪是抓蝈蝈！我教你抓。”老爷爷把我领出麦田，在地头沟沿蒿草丛中示范抓蝈蝈，不一会儿，抓了好几只，他小心翼翼地用苞米叶子把蝈蝈一只只包起来，挽进我的裤腿里，叮嘱道：“回家放进蝈蝈笼里，弄点倭瓜谎花喂，千万别摘坐瓜胎的花，一个瓜胎一个倭瓜呀！”

几十年过去，每每听到蝈蝈叫，便想起童年往事。八十年代，作家李准迁居北京后，曾对我说起一件事：能不能请位泥瓦匠，用麦秸和上黄泥，把房间重新抹一遍，那就可以日夜闻得到家乡的气味了。我当时还笑他是老土，就像如今我买蝈蝈，女儿笑话我一样。

2000 年 7 月 15 日

梦回老家

少小离家老大回。我不敢相信，在这个热闹的江北集镇，岁月流过半个世纪，临街的两间简陋碱土平房竟还健在，颇似一位驼背的老者，在马路边倚杖叹息。尽管这个老屋已经老态龙钟，但依然可以辨认出这就是我孩提时代曾经居过的那个老家。

老家虽然贫寒，却是温馨的，曾留下那么多美好的记忆。每天早上，左邻右舍的相互问候声似小河流水，不绝于耳。黄瓜、柿子、香瓜开园了，或是呼兰河的鲜鱼上市了，乡音似流淌的音符流进老屋的土炕，我常常期盼睡梦中被这动听的音乐吵醒。到了晚上，小伙伴们聚在家门前，像一群猴子，爬电线杆子的铁拉线比赛。耳闻走街串巷卖烧鸡诱人的叫卖，居然编上两句顺口溜：张小二卖烧鸡，不上东就上西。我恐怕就是从这时开始接触口头文学的。也曾同小伙伴们一起，趁着夜色的掩护，演出恶作剧，偷偷调换过剃头棚和煎饼铺的幌子，被大人嬉笑着揪着耳朵找上家门。

老家的房后有片空地，我称之为后园子。开春，从邻居家借来一把四股钢叉，费好大气力，翻了一块板结的碱土地，撒上白菜籽、菠菜籽，栽上大葱。也不懂得施肥，长得并不水灵，可那绿色给我带来一片喜悦。花开时节，跑到五里外的东沟子，折回一大把李子、山丁子花束，带回家来插进清水瓶里，装点家徒四壁的陋室；落雪后，向同桌同学借了一个用秫秸秆和蒿秆扎成的大滚笼，挂在后园子的栅栏上滚苏雀儿。一心挂记着苏雀儿和鸟笼，课堂上心不在焉，耳边净是鸟鸣，对老师的提问常常答非所问。

伏天来了，一听到打雷声，各家各户赶紧爬上房顶。差不多每家的房子都漏雨，端上一盆碱土，在房顶漏雨处堰房。我和一帮不知事的半大孩子，在房下一边帮着运土，一边拍着巴掌奔跑喊叫：今年好年头，王八上高楼！不用说，少不了又挨大人一顿训斥。

我是在这个家读完高小的，在这个家接到从县城寄来的中学入学录取通知书的，在这个家度过少年时代最美好的那段时光的。因此，最难忘的，当是和这个家的别离。

1958年深秋，我上初二，学校组织学生下乡大搞深翻地，实现亩产万斤粮。家里捎信让我回去。一进家门，见到里里外外摆满盆盆罐罐等一些破旧家什，这才得知家要搬到林区去。那段日子，有点像鲁迅先生《故乡》里的情境。家里都是些旧物，没有什么值钱的，搬家带走还抵不上运费，便仨瓜俩枣卖了。记得土改时分得的两口枣红大柜，只卖了十几块钱。至今，每当想起老家，就想捧读《故乡》这篇令我断肠的小说再看一看。

初冬的一个后半夜，全家人被咚咚的敲门声叫醒，镇东街的老韩头赶着一辆老牛车，催我们起程。这个独身老头，头天晚上喝了几盅酒，一觉醒来，以为天亮了，便套上了车。

装上两个旧木板钉成的箱子，一个旧三屉桌，还有几包用旧包袱皮儿包起的衣物，全部家当装了不到半牛车。那些没卖掉的东西，都堆放到后道闸里。离开家门的那一刻，我最后一次来到后道闸，把平时搭床用的木板子、凳子以及铁锹、钩、刀之类的工具，一件件靠墙根儿摆放好，凝视了一会儿，上下打量一番，在脑海里做了记号，想着以后回来再和原样对照对照。不想一年之后回来卖房，一件未剩，全都不翼而飞。

顶着凛冽的寒风上路了，母亲和我、弟弟、妹妹坐在牛车上，父亲和专程为我们来送行的程大爷穿着长棉袍，跟在车后走。夜，死一般静寂，老韩头赶着牛车不停地吆喝。车后，只见两个烟头闪烁着时明时灭的火光。天蒙蒙亮了，一言不发的母亲见我凝视着父亲和程大爷挂满白霜的胡子，终于说了一句话："只能走了，一个家都扔下了！"我不明白母亲说这话的含意，稍大一点才知道，离家出走实在出于无奈。

"大跃进"一开始，镇上小商贩公私合营，管事的杜大嘴见机会来了，便让请吃送礼者留在镇上成立合营商店。我家小本经营，又无礼可送，被遣送下屯，限期离镇。大哥在外当兵，父亲体弱多病，下屯无法维持生计，我们兄妹三人只有失学。

牛车晃悠了五个多小时，终于晃到了火车站——对青山，从这里换乘火车，取道哈尔滨，北上小兴安岭。第一次看见火车，兄妹几个高兴得手舞足蹈，欢呼雀跃。少年不知愁滋味呀！

一年之后，父亲、送我们的程大爷和赶车的老板子老韩头相继去世。父亲去世的那个日子，和我们离开老家的那个日子为同一天——十月初七。母亲多次对我说，搬家不该选择初七，太不吉利；三个老头一年之内先后殁了，出门也不能占阴历初七。多少年来，母亲身体力行，将此当作信条，恪守不移。我亦效仿之，出远门或有大的活动，皆避开初七、十七、廿七。我说不清，这是迷信还是父亲的忌日使然。

1999 年 10 月 12 日

土豆风波

三春不如一秋忙，对于我这个生长在农村的孩子，居然搬到城里后对此话才真正有所体会。

五十年代末，父亲去世，读初中的我虽然只有十五岁，却成为家里的主要劳力。每当入秋，储秋菜、挖菜窖等一些家务活儿接连不断，这我不怕，打怵的是扒炕抹墙，活见阎王。忙活完了，手指头裂着一道道大口子，手背拉巴得像松树皮。最愿意干的是不花钱就有收获，还不那么挨累的活儿，这个美差，便是溜土豆。

那时的大众传播媒介很原始，哪个生产大队哪个生产队起土豆了，官方不公开发布信息，靠的是左邻右舍奔走相告，口头传递，不似现在人与人之间相互封锁消息，生怕别人抢去发财之道。头天晚上，只要备好溜土豆的工具二齿子、一条装土豆的面袋子就行，午饭可带可不带，带也是玉米面大饼子、窝窝头和咸菜疙瘩，如果不带回家来吃，还能喝上一碗玉米面稀粥。

日上三竿，仨一帮俩一伙，溜土豆的人马，浩浩荡荡出了城。不用担心“撞车”，也不会集堆，自愿结合，靠土豆地这个杠杆自动调节。溜土豆这个队伍中，有老人妇女，也有像我这样的半大小伙子，穿的衣服大都打着补丁，脚上穿的鞋子，露脚指头的也不在少数。一路说说笑笑，大家都很开心。过了十字街，兵分几路，各奔一方。大兵团作战不行，化整为零，像游击队一样分散开来。

我和几个邻居来到东门外的一片土豆地，地里已经有人在溜了。我们举起二齿子刚刨了几下，看地的老头前来阻止，不让外人溜，留给公社社员来溜。我们只好在地头地脑溜点，撵就走，不撵就溜一会儿，一头晌下来，倒也战果不菲，溜了足有半面袋子。

见好就收，我们几个人正要背起溜的土豆往回走，迎面风风火火跑来一个三十多岁的斜楞眼。他打量了我一番，不容分说，凶神恶煞般命令我们把土豆倒回地里。我们据理力争，斜楞眼上来夺我的口袋，我死死抓住口袋不放，他转身把和我家住对面屋的田大爷的口袋抢过去，哗的一下将溜的土豆扬在地上。田大爷气得胡子直发抖，眼泪在眼圈里直打转。

我怒不可遏地冲上去和斜楞眼厮打起来，一个孩子哪里是这个车轴汉子的对手，只一个回合就败下阵来。斜楞眼拽住我的衣领不放手，一再逼问我姓啥，哪个学校的。我没做亏心事，有什么不敢说的，不仅说了姓啥和学校，还把班主任老师的名字也说了，之后质问他说：“溜土豆犯哪条法，你管得着吗?”斜楞眼眨了眨眼，一个冷笑：“这土豆不是溜的，是偷的吧!”“你有什么证据?”“去你家就知道了!”我急了：“好，我领你到我家去查!”斜楞眼巴不得我说这句话，立马拉起我就走。

我哪里知道，这个斜楞眼是大队长的小舅子，看地的是他爹，认识我。我哥哥在镇公社当监察委员，他姐夫因经济问题下台，对我大哥一直耿耿于怀。斜楞眼以为，大队给镇领导各家送土豆，也一定给监察委员家送去了，趁此机会到我家去搜“把柄”。

当我和斜楞眼风风火火进了家门，母亲吃了一惊，不知出了什么事。斜楞眼屋里屋外斜楞了一遍，发现地上有一堆土豆，立即拿起来仔细察看。母亲悄悄告诉我，这个人见过，好像是来找碴儿的。

我终于明白了他要干什么，腾的一下从后窗户跳了出去，从后园子拔出一棵土豆秧，连泥带土豆摔在斜楞眼脚下，厉声道：“睁开眼睛看吧，这土豆是黄土地的!”斜楞眼顿时傻了眼，哑口无言，灰溜溜地逃出我家。

母亲听罢事情的原委，叹了一口气，说道：“你大哥在镇上也是个官，管那么多大队，没听说占过公家一个绳头。我从来没和你们说过，就是不让你们有什么仗倚，招灾惹祸。”我不无气愤地说：“这回算计到咱们头上来了，咱家总算沾了监察委员这个官的光了!”

1999 年 11 月 20 日

夏天的日子

北方的夏天，是一年中我最喜欢的季节。在我记忆的长河里，除了过大年三十儿，最美好、最惬意的当是这夏天的日子。

从记事时起，就把野外游泳看作是一群光腚娃娃的盛大节日。天一热，我们一帮儿学龄前的半大孩子，光着膀子赤着脚，穿着各自临时改制的运动服，欢呼雀跃奔向离家六里地的南城子，在大道两旁的草丛或在谁家地头的坟茔地里抓蝈蝈，火蝈蝈、绿豆蝈蝈，好玩极啦。玩儿累了，便赤条条跳进水泡子里嬉戏玩耍。你打我一拳，我踢你一脚，平时互相间有点“仇”的，全都让赤日炎炎融化了。

忽而兴致来了，便用早就备好的铁钎子扎蛤蟆、捉棒棒狗儿，或一头潜在水底，用手捞一种叫“老母猪哼哼”的水生植物，含在嘴里解渴。晌午过了，肚子饿得咕咕叫，这才穿上衣服各回各家。

家长们怕淹着这些不知深浅的孩子，少不了都揪着耳朵数落一番，或一顿责骂。有犟嘴的，硬说没下水，大人用手指甲往腿肚子上一划，划出一条明显的白道道，孩子这才不得不“低头认罪”。

参加工作之后，在小兴安岭一家化工厂，我曾同一位无所不晓的工友天南地北地吹牛。这位自称“黑龙江通”的南方人，凡事都知道，问啥答啥，不管方言土语还是风土人情，竟都难不住他，逼得我最后不得不拿出撒手锏来：“你含过老母猪哼哼吗?”这下他没了电，顿时哑口无言。

沾沾自喜之余，我从心底怀念故乡，感谢童年时代的夏天。

上小学二年级时，我曾坐条小木船，渡过呼兰河到对岸的柳条通里捕鸟，捡野鸭子蛋，采摘山野菜；也曾突发奇想，寻觅“一条大河波浪宽”歌词中的艄公。这条大河——呼兰河，给孩提时的我留下太多太美的印记。

最盼望的莫过于学校放暑假。听说香瓜开园了，便约上几个小伙伴一起开赴河套的瓜园。沙土地上种的香瓜比黏土地的甜，什么顶心红、玻璃脆、老来面……特别是那种小芽瓜，开园早，拳头般大小，白地绿道，纹路分明，煞是甜脆，一个保一个。进城后，这种香瓜见得愈来愈少，据说，可能是因为产量低的缘故。

进瓜地要讲规矩，不能蹲下来提鞋或系鞋带，怕有摘瓜之嫌，这也如同到果园不能摘帽子一样。我们这帮小猴头哪里在乎这一套，兴致来了，非但无规矩可言，索性去大伯家的瓜园偷瓜。推选两个灵巧的同学，从靠近瓜园的豆地或玉米地里爬进去，其他人在地头放哨。约定好暗号，如果轻声喊“扁担钩，顺草溜”，那就大胆往里偷；如果听不到喊声，那就注意潜伏，不要妄动。如此下来，战果不菲，个个吃得小肚溜圆，这才打道回府。

就是在夏天的日子，我向一个院的大叔、大哥哥学会了做生意。挑上一副土篮子，到瓜园上瓜（批发），将满满两篮子瓜的上面盖上香蒿，然后挑到集市来卖（零售）。

一个暑假下来，虽然挣不了几角钱，但可以天天吃瓜不用去买，更不用去偷了，也不必怕父母知道做过贼而提心吊胆了。

卖瓜之余，时常到我念书的榆林镇小学玩一圈，看一看教室窗前榆树墙围起的花圃。我最惦记同学们雨天栽种的那些花开了没有。“步登高”、芨芨草早已盛开，“扫帚梅”一丛丛一簇簇开得那么热烈……直到大学毕业之后才对上号，“扫帚梅”有一个很雅的名字——波斯菊，而芨芨草，就是人们通常说的“指甲花”了。

上中学后的第一个寒假，我盘算着顺着呼兰河滑冰回家，既省路费又浪漫。我哪里知道，呼兰河上尽是皑皑积雪，岂能似校园溜冰场那样光滑？我并没有抱怨自己的无知，反而对积雪的冬日形成了偏见，越发怀念夏天。

不论是端午熏风吹拂的嫩绿的杨柳枝，还是夏至一片接一片飘香的翠绿瓜园，在我看来，这满眼的绿色，当是这世界最亮丽的风景。就是我蛰居的这座城市，“明媚的夏日里，天空多么晴朗，美丽的太阳岛，多么令人神往”，一个个姑娘小伙，因为夏天的到来而不再包装，美得比任何一个季节都自然。

夏天的来临，令我倍加思念故土，时时咀嚼家乡的味道，品味路漫漫兮的苦乐人生。

1998 年 7 月 11 日

钢笔的记忆

许多该记住的事大抵已忘记，但却留住了关于钢笔的点点记忆。

1951 年夏天，六岁的我懵懵懂懂上了小学，学堂名叫兰西县榆林镇完小。第一天上学，交上五角钱学杂费，领了一册语文书，一册算术书，老师便让学生们各回各家准备学习作业本和笔。

那时家里都很穷，大多数人家学杂费都交不起，买本买笔亦是问题。我向父母要了一角钱，花四分五厘买了一张大白纸，又买了一支铅笔，一块橡皮。回到家里，大人用菜刀帮着裁成三十二开小张纸，用线绳订了两个本子。铅笔用刀削好后，我在砖头上把笔尖磨得细细的。晚上，书、本子和钢笔放在枕边，两只眼睛望着纸窗，盼望快一点天亮，好去学校上课。

读到二年级的时候，已不满足用铅笔写作业了，开始对钢笔跃跃欲试，几次对家里撒谎说，老师让学生都用钢笔，又向父母要了一角钱，买了一只蘸水笔尖，两片蓝墨水片。笔杆买不起，就用细秫秸箭秆代替。先用温水将墨水片溶化，然后倒进墨水瓶里，把笔尖安在箭秆的一端，蘸点墨水一试，比起铅笔字来清晰又好看，别提心里有多高兴了。从此，课堂上再也不用求同桌的大同学帮我削铅笔了。

未曾料到的事发生了。一次在课堂上写作业，墨水蘸多了，笔尖“拉稀”，用纸一擦，作业本上像画了地图，笔杆瓤往出渗墨，用手一抹，本上、脸上好似印满图章。同学们一看我这副狼狈样，哄堂大笑。我朝思暮想，盼望能有一支自来水钢笔。

买一支自来水笔要一元钱，连做梦都不敢想，岂敢和父母提起。思来想去，终于想出一个办法：借一支自来水钢笔。

我家后院华大娘的儿子，是学生会体育委员，每天早上领我们出操，可是刚上高一（五年级），因父亲病故辍学在家务农。我每次去大娘家里玩，都看见有支自来水钢笔静静地躺在半截坑墙上，点点灰尘掩不住透出的黑色光亮。我不敢向华大哥借笔，几次欲言又止。实在抵挡不住这黑色的诱惑，战战兢兢对华大娘说了。大娘满口答应，说，你先拿去使吧，别让你大哥看见。我抓起笔冲出门外，一溜小跑，吓得院里的大鹅嘎嘎直叫。

回家的路上，我拧开笔帽，忙往手背上写了几个字，顿觉成为幸福之人。然而，我忽然想到，这笔里还有墨水，是不是华哥还用它？脚步不由自主地折了回去。我用衣襟把笔杆擦了又擦，也没有告诉华大娘一声，悄悄地将这支自来水钢笔又放回落满尘土的炕墙上。

2000 年 4 月 1 日

想起儿时运动会

刚上小学，懵懵懂懂地听说学校要开运动会，便急不可耐地去看热闹。

操场上，只见几位老师领着高年级的同学不停地跑来跑去，一会儿用白灰画跑线，一会儿用铁锹去挖沙坑。

最吸引我的是，十多个男生穿着短裤，光着膀子，不知在那儿练什么把戏，有的将身体向后倒仰，双手拄地，有的头朝下，笔挺倒立。班主任老师告诉我，这是叠罗汉，明天正式表演才好看呢！

盼望着第二天的运动会，我一夜没睡好觉。天刚蒙蒙亮，传来洋鼓洋号声，嘀嘀嗒，嘀嘀嗒，嘀嘀嘀嘀嗒，我忽地从炕上跳下来，刚要出门，被母亲喊住。她说："今儿个各村屯都来看运动会，得多炸点丸子卖，好给你交学费。你在家好好照看妹妹，醒了别滚在地上。"我顿时傻了眼，极不情愿，又不敢说不，只好勉强应承下来。我知道母亲的脾气，说一不二，顽抗是没有好下场的。记得前年母亲让大哥照看我，大哥耐不住山雀的诱惑，结伴去东沟子用扣网扣雀，回家后挨了一顿打，尽管大哥再三表白扣回来雀是为了哄我玩，仍然无济于事。大哥参军去了朝鲜，哄妹妹的活儿责无旁贷地落在我头上。

母亲迈出门槛留下一句话："炸完一盆面就回来，你去看运动会，没有一家人吃饭当紧！"

有了"炸完一盆面就回来"的指望，我扳着手指头数数，数一千个数差不多。边数边设想，母亲开始刷面盆了，正一边擦手一边往回走呢，走到老李家的房山头了，一拐弯就到家了，好像听到脚步声了……设想一遍遍落空，我急得直跺跺脚，簌簌泪下。

当太阳照在我家西厢房的纸窗户上时，母亲终于回来了，她递给我一小碗苞米面丸子，嘱咐我晌午回家来照看妹妹。我抓了一把丸子，飞出家门。

学校里真是热闹极了，我们每天唱国歌升国旗的那个地方，搭起席棚。校长拿着用铁皮卷起的喇叭筒指挥老师干这干那，老师胸前都挂个红布条，飘来飘去，不像我们学生戴的名签用线订牢。

我看得眼花缭乱，赛跑、跳高、跳远、投铅球、掷铁饼，都觉得十分新鲜有趣，特别是叠罗汉，出场威武雄壮，叠起老高老高，好玩极了。晌午歪了，我也没回家，独自一人跑到学校一处矮墙边上，偷偷练起打把式、立大鼎……乐不可支。

肚子咕咕叫了，才意犹未尽回到家。一进家门，眼前的情景令我大吃一惊：妹妹腿上缠着白纱药布，在母亲怀里哭闹不止。

原来，母亲放我走后，便把妹妹抱到炸丸子的这间偏厦子。怕炕凉，烧烧炕，用旧被子把妹妹包好，放在炕头。母亲只顾炸丸子，听到妹妹的啼哭声不断，也没理会，想到的是一天的好生意难得。待到腾出手来去看孩子，只见裹着妹妹的被子烧了一个洞，棉絮还在缕缕冒烟。

我自知惹了祸，躲在一边，连大气也不敢喘。母亲极平静地对父亲说："这丸子咱们不炸了，拾点钱，开个小铺吧。孩子得照管好。"然后转过脸对我说："饿了吧？我去做饭。"竟没有责骂我一句。

1999年7月3日

我的乒乓球情结

电视转播大阪世乒赛，我几乎场场不落，堪称铁杆球迷。中国最普及的体育项目当数乒乓球了。自打懂事时起，我唯一的玩具就是一只旧乒乓球拍和中间有一道接缝的乒乓球。不小心把球踩瘪了，便学大人的样子，用开水烫一下将球腾起来。

上小学后，将操场上黄土青砖垒起的讲台当球台，中间用粉笔画一道杠，或放两块砖头，横上一根秫秸，乒乒乓乓打将起来。几个月之后大见成效，到了真球案子上较量，有时连大人也不是我对手，甘拜下风。

到了中学，球打得十分了得。课间十分钟，疯跑到图书馆门前那张破球台“点将”，常常占山为王，极少“下野”。1959 年，容国团战胜西多获世界冠军那年，我进了庆安一中乒乓球校队，锦标赛也好，对抗赛也好，冠亚军非我莫属，我居然成为县乒乓球队球员。

这以后的日子里，我腰间别把球拍，经常出没在有乒乓球案子的机关单位，尤其是星期天，从不温习功课，从早到晚打球，一天只吃一顿饭，后背总是湿漉漉的。球技大长，不要说同伴，就是和成年人交锋，亦攻无不克战无不胜。

乒乓球艺直线飙升，学习成绩每况愈下。初中毕业前夕，班主任老师动员我去考哈尔滨体育学院预科，我稀里糊涂信心十足奔赴考场。殊不知除了考百米、跳远等术科外，还要进行文化考试，不用问，在后面“打狼”的肯定是我。不考打乒乓球，连球拍也没摸一下，至今仍耿耿于怀。

虽然考试名落孙山，可全县青少年乒乓球赛让我出了风头。男团比赛我打主力，三名队员齐心协力，一路过关斩将，夺得团体冠军；男单决赛我遇到一位大刀（横握拍）对手的挑战，打得天昏地暗难解难分。前两局我不太适应，连失两分，后两局我动了脑筋，采用了《怎样打乒乓球》一书中所说的打法，左推右攻，拉长、擦短、杀中路，果然奏效，连扳回两分。对手逐渐适应了我的打法，决胜局你来我往地打到了20平，换发球，我领先一分，对方发球，我一记重扣，将球打出界外。不想对手举手示意裁判“擦边球”。这样，我以22∶20险胜，获得男单冠军。望着大汗淋漓面带微笑的对手，我不知说啥是好。

比赛进行了三天，不论运动员、教练员还是大会工作人员和领导，一律在县机关食堂排队买饭，没有一个人搞特殊化。举行发奖仪式之前，分管体育的副县长和获奖的运动员进行了座谈，并同参加比赛的所有代表队分别合影留念。我获得的奖品是一只流星牌乒乓球拍和一对枕巾。这只球拍和那张黑白合影照片，我一直珍藏着，看到这不能再普通的纪念品，情不自禁忆当年，耳边响起乒乓声。

2001 年 6 月 4 日

讨 账

时日能淡化一切缤纷色彩，却无法淡化人世间的浓烈真情。

1960 年，国家“三年困难时期”，我家进入极为艰难之年：母亲领着我和弟弟、妹妹，靠长兄从微薄的工资中挤出二十元钱勉强度日。那一年我十五岁，上初中三年级，弟弟十二岁，上小学，妹妹只有八岁。

快放寒假了，母亲对我说：“咱家在江北开杂货铺时，不少人家赊欠，搬出来一年多了，打算让你回去要账。”我不假思索地点点头，似这样的家境，除了我还有谁能去呢？至于去的地方中途要换两次火车，还有几十里的旱路怎么走，我压根没有想到，想到的倒是一段难忘的日子。

那年春夏之交，山东老家的姥姥想念在东北的女儿想瞎了眼。母亲只好扔下我和弟弟，领着妹妹，东拆西借凑点钱，在火车上站了一天一夜到了济宁，又换乘长途汽车，回到她阔别二十多年的故土。

母亲离家时，距粮店放粮还有十来天，家里仅有五六斤高粱米。我和弟弟用玻璃瓶子将米粒擀成碎面儿，掺上榆树钱、榆树叶，每天喝糊糊粥。亏得长兄种了几垄土豆，刚牛眼珠子般大小就扒出来接济，加上一小筐玉米面窝头，总算熬到月底。劈柴、挑水、做饭、照顾弟弟，都由我承担。一个多月后，母亲归来，缓缓述说和姥姥的生离死别。双目失明的姥姥不让母亲走，拄着拐杖，哭喊着追赶母亲，趺趺撞撞，几次摔倒。说到这里，母亲长长地叹了一口气，说了一句话："我也不能跟你们一辈子，独立生活吧！周公瑾十三岁支撑东吴半边天。"

榜样的力量是无穷的。母亲不止一次说到这位三国时的周都督，我毅然向母亲拍了胸脯，愿意只身前往江北。这也不是操练水军，我既然当过家，就应理财，讨账正在理财之中。母亲见我态度坚定，告诫说，欠账的也都穷，能还多少算多少，钱只花一时，人情常在。

到哈尔滨换一次火车，再到对青山，从对青山到我家住过的兰西县榆林镇还有四十五里地，不通汽车，只有用步量了。走在坑坑洼洼的乡村土路上，两边尽是空旷的雪野，不见人烟村落。我怕的不是遇见人，而是怕遇上狼。听人讲，这一带野狼成群结队，常常伏在路边壕沟草丛，从后面突然袭击，两只利爪搭在人的双肩，稍一回头，它就将人的喉咙咬断；又听讲，狼怕声响，怕光亮，怕棍子。于是，我从不敢回头，时而将含在嘴里的口哨吹得山响，时而高声歌唱，手中的一根树枝上下挥舞，始终拉出一副随时同狼进行搏斗的架势。

按照账单上所记的姓名，我讨要了十几家。正如母亲料到的，都穷，如数还账者寥寥，但都多少还一点。可是，无一家不真诚地挽留我吃饭，饭菜并不丰盛，但在我看来，那是我吃得最香最甜的上好宴席。临别，家家一遍遍嘱咐，让我带回对母亲的问候。我大为感动。记得我曾看过一本小人书，战国时期孟尝君的门客冯谖为主人下去收账，非但不收，竟把所有的账簿一炬焚之，为主人捎回民心。面对欠账的众乡亲，我居然想效仿冯谖，将账单全部一笔勾销，思前想后，终未能这般做。

几年之后，母亲来到她曾居住过多年的这个江北小镇，老邻旧居还有欠账者，像迎接异国他乡归来的贵客，看望的人络绎不绝，请这位普通老太太吃饭的人，竟排不上号。

1999 年 3 月 3 日

我经历过的那个春天

二十世纪六十年代初，我在庆安县一中读高中。这年春天，是我经历过的最饥饿的一个春天。

本来城镇居民每月供应口粮不足十五公斤，只够吃个半饱，为了响应国家号召，又减去一公斤。不用开会动员，也不用做思想工作，全都自觉自愿。家家户户为了度饥荒，想出许多高招。一个办法是推广蒸饭增量法，将小米、高粱米或苞米糙子用水浸泡一天一夜，待米粒膨胀到极限再下锅煮，捞出饭来上屉蒸，饭的味道不能讲究了，可数量比正常蒸饭翻了一番。再一个办法是制作代食品，原料是干苞米秆、苞米叶和苞米瓤子，粉碎成面后用水和好，做成各种食品状，或烤或蒸，总归可以充饥，只是大肠干燥，几日不上厕所。代食品虽然不好吃，但比起苦涩的谷糠和甜菜渣子，不知要好吃几倍。

我家住在县城的十字街附近，常常有进城的胶皮车、花轱辘车在道边给马喂草料。待车老板子把车赶走，我和弟弟端个簸箕，拿把笤帚，扫起地上从马槽里溅出的草料，把黄豆粒、豆饼渣拣出来，洗一洗放在火炉盖子上烘烤。豆香味扑鼻，又香又脆，只是吃不上几粒就没了，就像听一支动听的歌，一下子戛然而止。

最简便易行的是精神会餐。下午快放学了，同学们个个饿得东倒西歪，都懒得动弹，便坐在一块儿神聊，翻来覆去重复一个主题，三句话离不开一个吃字。有个能侃大山的同学煞有介事地说，国营一饭店要举行大吃比赛，像学校开体育运动会那样，先预赛后决赛，选出代表队到地区参加比赛。预赛吃十个馒头、一斤大米饭、两大海碗猪肉炖粉条，这一关过了可以直接进入决赛。教室里顿时活跃起来，你一言我一语，说得活灵活现。画饼充饥画得筋疲力尽了，大家才背上书包回家。刚走出校门口，在校住宿的班长从后边跟了上来。我问他干什么去，这个大个子班长有点不好意思地说："我刚才没听全，只听个尾，你们说的大吃比赛在哪儿报名?"哎呀，你怎么能当真呢！我想笑却怎么也笑不出来，倒是想哭。

后来这个大个子班长考上了东北农学院，毕业后到垦区的一个农场工作。前几年同学聚会，他还提及这件事，说："现在想吃啥有啥，可吃啥也不那么香了。当年我真是饿昏了头。"说罢，他笑了起来，同学们皆开怀大笑。

2001 年 3 月 22 日

暑假历险

大凡从二十世纪五六十年代走过来的人，对“三年困难时期”概莫能忘。曾经有位老劳模忆苦思甜，单位领导启发他诉旧社会之苦，老劳模不假思索道，如果哪年都兴说，最苦的当是1961年。

这一年，我不满十六岁，在庆安一中上高中一年级。那时城镇居民大多住东倒西歪的公房，又破又旧，县房产哩哩啦啦轮流维修。放暑假了，为了贴补家用，挣点学费，我去当小工。每天光着脚丫挖土挑水，和泥上跳，伺候瓦匠，一天下来，浑身累得像散了架子，苦不堪言。一日，在城南三道街维修一栋漏雨的家属房，瓦匠师傅带一名小工上房串瓦，我在房下面往上递瓦上泥。这个小工叫王瑛，是高我一级的校友，已考取东北矿院，幼年丧父，家境比我还糟，故而也来打工。王瑛在房上不经意往下扔一块换下来的裂纹大瓦，不偏不倚，正好砸在我的头顶，瓦片四溅，我一声大叫，顿时倒在地上，不省人事。后来听人说，在场的人着了慌，七手八脚将我抬到树荫下。待我清醒过来，已躺在家里的土炕上，只见王瑛母子俩呆呆地站在炕沿前，泪流满面，唏嘘不止。我母亲在一边不停地劝慰说："这是天上飞来的横祸，多亏瓦平着下来。孩子没啥大事，不用上医院，你们孤儿寡母太不容易啦!"对面屋宋大哥刚从卫校毕业，分配到镇医院当大夫，听说此事，过来给我看了看。吃了几片药，竟安然无恙了。在家躺了一天半，心里特别高兴，有病真好，可以歇着，不用去干那望而生畏的泥水活儿了。

祸不单行。快开学的时候，轮到维修我家这趟房子了，七间草房住了八户人家，整个房子往西倾斜，几根小径木支撑着，像一位饱经沧桑拄着拐棍的驼背老人。翻盖不起新房，只好拨正，如同衣服一样，打几块补丁对付。待用"铁孩子"（千斤顶）将柱脚、房梁拨正后，山墙随之塌架，连着锅灶的间壁墙却没倒，我家也没在乎，照旧做饭。那天晌午，母亲贴玉米面大饼子，炖一锅土豆豆角，我拉风箱烧火。锅打开后，母亲让我去取挂在屋檐下的那串干红辣椒，用灶火烧几只下饭。可能是太累的缘故，我本不愿意动弹，转而想到老母年纪大了，也劳累得很，便站了起来。刚走几步远，间壁墙轰然倒塌，这面用土坯垒起的老墙像一只夹拍子，把锅灶拍了个严严实实，压在下面，所幸没有碰着母亲。费了九牛二虎之力，才把这面老墙一块一块拆弄开，推到一边，定神一看，饭锅底砸漏了，我拉风箱坐的小板凳和旁边一只黄铜盆砸得溜扁，吓得我禁不住倒吸一口凉气。四邻闻讯赶来，皆骇然。

两年后，我接到大学录取通知书，老邻旧居纷纷前来祝贺。重提当年往事，一个暑假之中两次历险，无不感而慨之，戏曰：“大难不死，必有后福!”称我是捡来的大学生。

2000 年 8 月 31 日

第一次“长途贩运”

哈黑公路重修通车后，路面镜子般平展开阔，坐汽车从哈尔滨到我的家乡，只有一个小时。当年，我跨越这条路程，曾用了一天一夜。

那是1960年夏天，我十五岁，初中刚毕业。家里没有劳力，母亲只好差遣我从铁力林区回兰西老家要账。这之前，我家在老家开个小杂货铺，小本经营，欠账的多则三块两块，少则块八角，讨账讨了十几家，讨回总共不过十多块钱。掂量来掂量去，我自行做主，决定买些新大蒜背回林区去卖，弄好了，说不定能把路费挣出来。

花了十块钱，买了十辫子紫皮蒜，塞进一个面袋子里。搭乘一台斗子车，从榆林镇出发，到对青山换乘火车到哈尔滨，再换乘火车返回铁力。

马拉斗子车走在乡村的土路上，像小船在风浪中剧烈颠簸，道路泥泞，不是一般的坑坑洼洼，而是水坑连片，一跩一跩，人在车上坐不住，颠起老高。遇到下坡路，还得下来走，怕翻车。一路上误了三次车，自然都得跳下来推。日出三竿动身，一直走到太阳落山，四十五华里的路，走了一个白天。

连口水也没顾上喝，急忙跑进候车室去买火车票，却被告知今天没火车了，要等到明天。我一下子傻了眼，倒是可以蹲票房子过夜，但身上的钱只够买火车票，吃什么？想来想去，办法只有一个：去哈尔滨用步量！既省钱，又免去火车上的盘查，贩运是要按投机倒把论处的。

串联了五个人结伴同行，各自扛着大包小裹，沿着铁路线步步向南。刚开始上路还互相搭话，走着走着便都气喘吁吁，只有负载之能，没有说话之力了。正是月黑头，脚下看不清枕木，只能凭感觉向前迈步。同行的人，我年龄最小，又饿又困，走着走着竟然睡着了，不知怎么跟上大帮儿的，竟没有掉队。

走到松花江边的马路口，天已大亮。我们这一行人上了渡船。船到江心，孰料刮起大风，小船又似昨日坐的斗子车那样颠簸，几个疲惫不堪的人在船上东倒西歪。驾船的老者十分沉着，大声命令我们谁也不要动。终于，小船安全划到对岸。

从江北到江南，受此惊吓，我们没有时下飞机幸免于难那般惊喜，自然也没有互相留下地址姓名。分手时，只是互相将对方所背扛的东西帮助搁上肩头，回头互相对视了一下，便消失在茫茫的人海之中，各自走各自的路了。

我扛着一面袋子紫皮蒜回到家中，不敢公开上市叫卖，只能在“地下”偷偷销售。待大蒜全部出手，一拢账，刚刚卖回本钱。

“三十八年过去，弹指一挥间。”我向妻子女儿讲述这些往事，上大学的女儿竟不相信，她以为这是天方夜谭。

1999 年 5 月 8 日

逃　　票

每当乘坐火车远行，总想起当年逃票的那段往事。

我高中毕业后到林区一家林产化工厂去当学徒工。年龄小，又初次离开家门，自然想家，特别是到了星期天，家在当地的都回家了，只剩下外地的一小帮儿，便聚在一起打扑克、下象棋消磨时光。

回一次家单程路费八角钱，往返一元六，一个学徒工每月十八元生活补贴，虽然只有一个小时的路程，但回趟家也不是轻而易举的事。

扑克、象棋玩腻了，又开始想家，大伙你一言我一语说起在家的种种温馨，望家止渴。一个星期日，有人提议回家，怎么回？几个头脑灵活的伙伴商量来商量去，最终商量出一个办法：逃票。

四五个师兄弟步行到火车站，一路十分有精神，可一上了火车，做贼心虚，一个个像霜打的茄子——蔫了。站在两节列车的连接处，一双双警惕的眼睛不断向车厢里窥视，我的心像怀揣个小兔子一样跳个不停。害怕的事情终于发生——验票了，我们像被电打了一下，本能地从一个车厢逃到另一个车厢。好不容易挨到一个停车小站，迅速下车，再从验过票的车厢门儿蜂拥而上。

第一次逃票得逞，胆子大了起来，接着，我干了一件惊人之举——背着猪崽儿逃票。

我家住在山里，总想到山外买一头小猪崽儿，背回家饲养。铁路规定不准携带活物，猪一直也未养成。工厂放假了，我去毗邻县城，买了一头小猪，决定不坐客车，坐货车往回背，这是既省钱又不用提心吊胆的最好逃票方式。

弄了点白酒将小猪灌醉，装进一个口袋，绕道背进车站。趁人不备，从停靠在站台的货车底下钻了进去，再将小猪一点一点挪过来。这时脑海里浮现出学过的一篇课文《背影》，朱自清先生的父亲买了橘子往车上送，在站台上爬上爬下，而我现在是在火车底下钻来钻去。

当我背着小猪顺着一节货车的梯子跳进车厢时，自以为大功告成，畅快之极，汗水湿透全身，竟一点儿没有察觉。

不知过了多久，货车开动了。

这是一节拉煤的空车，煤灰迎风飞扬翻卷，我却毫不在乎。再过一个小时就可以到家了，说不定母亲已经把猪舍搭好。我不时踮起脚向前方眺望，糟糕，前方出现绿灯，列车也没有减速，显然要通过就要到达的这个车站。我急得直跺脚，生出跳车的念头，又怪自己没有练就铁道游击队的本事。

当列车终于减速缓缓停了下来，一看，我被拉到了南岔车站，这里返回我家那个车站要坐两个多小时的火车呀！百般无奈，只好背着猪崽儿，没出站口，坐在站台上等候客车。

等了足足几个钟头，客车来了，我只好如实向列车员讲述发生的一切。

列车员是个慈眉善目的大伯，见我还是个孩子，望着我乞求的目光，动了恻隐之心，破例准许我上了车，让我和小猪一起待在厕所对面的洗手池处。我连声道谢，似进了天堂一般喜悦。无意间，我对着洗手盆上面的镜子一照，不由得吓了一跳：沾满煤灰的脸被汗水冲出一道道汗渍，简直像个小鬼儿！

1999 年 6 月 21 日

六十年代第一秋

我不喜欢金秋，且有几分成见，怕是始于二十世纪六十年代的第一个秋天。

当我怀揣高中录取通知书，背着行李兴冲冲去庆安县一中报到时，想到交不起学费当着众同学面不知会怎样窘迫尴尬，于是，在暖暖秋阳中禁不住打起冷战。所庆幸的是，学校正在搞基本建设，还来不及催要学费，就组织学生勤工俭学——参加翻盖校舍的劳动。可以缓交学费，这对我不啻是一个福音。

我们新生班的任务是运砖，从砖窑运到学校，一条毛毛道，往返三公里，全靠肩挑人背。我虽然只有十五岁，长得又小又瘦，但也不甘落后，每次都背上七八块，二十公斤左右，汗流浃背，一天到晚湿衣贴身。中学生每人每天供应九两半粮食，只够吃一顿，连饿带累，时有同学晕倒。我有时两腿直突突，不得不在路边找个地方靠一靠，歇歇脚。年纪稍大一点的男同学，常常悄悄地从我身后走过，拿走两块砖，替我减负，在自己的肩头上加码，我感动得热泪盈眶。

学校黑板报出“战地专刊”，老师让我们写稿，我写了一首诗歌，其中有这样几句：工地醒来早/晨风编战歌/运砖大军出征/人人朝气蓬勃/口号声，震山壑/笑语声，飘四野/节令深秋天气寒/人心却比火炭热//背砖人流穿梭飞/挑砖似雁列阵过/干劲催得脚生风/脖颈汗水串串落……这首诗登在黑板报上，引来老师和同学们一片赞扬，小憩时，我偷偷去学校大门口看了好几遍。

在学校劳动了一个月后，接着下乡支援秋收。生产队分派我们班割地，在一望无边的大地上，割玉米、高粱、黄豆。我最怕割黄豆，豆棵上挂满白霜，豆荚扎得手生疼，一个星期下来，两只手血糊糊，手指头裂着小孩嘴般大小的口子。房东大娘心疼得直掉眼泪，每天晚上端来一盆热水，“逼”我把手放在水里浸烫，之后给我擦蛤蜊油。同学们比我大不了三两岁，在家里都还是孩子，一个个累得腰酸腿疼，头一挨枕头便呼呼入睡，早晨起床，老师连叫好几遍才勉强从炕上爬起来。

我们每天和社员一起下地，一起收工。男同学个个腋下夹把镰刀，穿件破棉袄，腰间系根草绳，很难分清谁是社员谁是学生。

可能是我在黑板报上登的那首诗给我带来的好运，有一次老师居然不让我下地了，叫我写几首赞颂生产队集体食堂的诗歌。天降福音，我乐得险些昏过去。可是，如同食堂大锅天天土豆炖白菜一样，写出来的诗毫无味道，连我自己都感到像一碗白开水。不管怎样，我总算逃避了令我生畏的劳动，没有去割地。

我上高中的这年秋天，是在工地、田野度过的，几乎没在学校上几堂课。如果还有可堪回首之处，那就是黑板报上运砖那首诗，成为我当上语文课代表的敲门砖。或许就是因这首诗，我居然同文学创作结下不解之缘。

2000 年 3 月 11 日

在秋翻地的日子里

寂寞之时，想起中学时代的秋翻地，那一幕幕情景，蓦然从岁月深处飘然而至，挥之不去。

在天灾人祸争相肆虐的三年中，我亲历两次下乡秋翻地。第一次是刚上中学的那年秋天，我们这帮十三四岁的“童子军”，在老师的率领下，步行十多里路，加入声势浩大的秋翻地大军，在秋风萧瑟的田野上，和人民公社社员一起挥锹大会战。一幅幅标语铺天盖地：上纲要，过长江，深翻三尺地，亩产万斤粮。鼓声锣声口号声不绝于耳，红旗彩旗漫卷尘土到处飞扬，几天下来，老师和同学们蓬头垢面，一个个似小鬼一般。返校那天，同学们像笼中放出的一群小鸟，飞也似的往学校跑，举旗的同学旗也不举了，卷起来像扁担一样扛在肩上跑在前面。见此景，我情不自禁地说了一句“兵败如山倒”，恰被最能装积极的大班长听到了，当即汇报给班主任老师。我吓得不行，整天提心吊胆，生怕开班会批我散布“反动言论”。现在胆这般小，可能就是那年坐下的病根。

第二年秋天，又下乡秋翻地。因为上初中二年级了，被视为已长大成人。背上行李卷，直奔离县城三十余里的一个以种水田为主的偏远公社。生产队的牲口不够用，于是人拉犁杖，十几个同学一副犁，在泥泞的稻田地里跋涉。肩头被绳套磨破了，鞋子被稻茬扎透了，肚子饿得咕咕直叫，只能咬紧牙关硬挺着干。最令人心花怒放的是歇晌，哨声一响，大伙一窝蜂似的直奔生产队食堂，二米干饭，土豆炖大白菜，风扫残云，饭菜呼噜噜吃个溜溜光。

一日午饭后，我坐在屋檐下，一边晒太阳一边看“大跃进”诗歌选，老师找到我，让我写一张歌颂生产队食堂的大字报。此前，我看过一首民歌：“杜甫浩然诗无几，李白斗酒只己吟。解放思想诗万首，今朝诗家六亿人。”既然全国人民个个都是诗人了，我自然也不例外，于是，我用民歌体写了一首诗，形容同学们的干劲，活剥了两句民歌：“撕片云彩揩揩汗，凑近太阳吸袋烟。”描写菜饭做得好，诌了两句顺口溜：“土豆白菜赛翡翠，二米干饭喷喷香。”找来毛笔和旧报纸，抄好贴在食堂的山墙上。未曾料到的是，一张大字报带来意想不到的效应，生产队长拍着我的肩膀，夸我书没白念，爹妈没白供，有出息。灿烂的政治之花，结出丰硕的经济之果。食堂饭菜质量大有改进，米饭多上了一盆，菜里有了粉条。老师当着全体同学的面表扬了我，宣布我半脱产，每天下午不用下地拉犁，专门给广播站写稿。回到学校后，我居然当上了语文课代表。后来走上文学之路，怕是从这时起步的。

在乡下的日子里，老师同学都插花住在社员家里，我和五个同学挤在一铺大炕上。吃罢晚饭，既没有电影，也没有什么娱乐活动，早早躺在炕上，或说笑打闹，或数天上的星星，或眼望房顶默默想家。忽有一位同学，似哥伦布发现了新大陆，指着门框上的一幅“抬头见喜”的春联，问大家这四个字有几种念法，我们还没有学过数学中的排列法，只能翻来倒去地念，念着念着便都进入了梦乡。

一日，家里捎来口信，说父亲病危，我赶忙请假回城。不知为什么，回家的路比离家的路漫长得多，沿着和铁道线平行的小路，干走不到头。独自行走，心乱如麻，我突然想预测一下父亲的吉凶——在铁轨上走百步，掉下来，凶多吉少；掉不下来，逢凶化吉。我反复试了多次，结果都是前者，我预感长期患病的父亲怕是熬不过去了。待回到家里，预测真的应验了。父亲的最后时刻我没在身边，也没能将我创作的第一首诗读给他老人家听，不能不抱憾终生。那一年我只有十三岁。

秋翻地的日子，深深地刻在记忆里，那一个个细节，无数次让我在黑暗中泪流满面。

2004 年 11 月 2 日

第 二 辑

母亲的笑容

时光的列车飞速疾驰，我常常沿着人生的轨迹往回寻找，最能触动我神经的，是童年，是故乡，是母亲。这不，当我漫不经心剥开友人从俄罗斯、美国带给我的巧克力，这糖，蓦然拨动了尘封已久的沧桑心弦，孩提时的情景一幕幕在眼前闪过，像在乡下看过的那种无声的老式洋片。

从小学到中学，我几乎没吃过纸包的糖，更不知巧克力为何物，根本就没有听说过。即将要进入二十世纪的六十年代，我在《诗刊》上读了北大教授林庚先生（后来成为我的老师）的一首诗："冬天的树林像野鹿的角/太阳的周围春天又来了/刚解冻的河水透着那么蓝/泥土的气息带微微的潮/要写出的心情比天还高/六十年代将有多少浪潮/打开祖国的蓝图瞧一瞧/东风在前线吹响了号角。"不幸的是，全国人民心情振奋，迎来的浪潮却是争相肆虐的天灾人祸。屋漏偏逢连阴雨，父亲过世，母亲领着我和弟弟妹妹艰难度日。城镇居民每月供应二十七斤粮食，只够吃半个多月，加之常年见不到荤腥，肚里没有油水，整天饥肠辘辘。榆树钱、榆树叶、野菜，豆饼、糠麸，以及苞米秆、苞米叶等做的所谓代食品，普及家家户户。我上初三那年，班上的同学时有在课堂上饿昏的，家境好一点的同学，赶忙给其吃块橘子瓣糖喝点开水，便缓醒过来了。我回到家里和母亲说及此事，母亲只是摇头，默默叹息，没说一句话。

那时，家住近靠冷山的一间草房，间量太窄，只能搭一铺顺山炕，炕前支一个用砖头砌成的火炉，名曰炕炉子，做饭、取暖全靠它。初冬时节，我和弟弟走了十几里路下屯捡粮，地净场光，粮没捡多少，捡回半面袋子冻甜菜疙瘩，心情沮丧。母亲见了十分高兴，催促我们哥俩上炕暖和。她忙着把甜菜疙瘩削好洗净，我们以为又要掺苞米面蒸窝头，母亲道，今晚儿我给你们熬糖稀。母亲将甜菜疙瘩切成细丝，放进加满清水的小铁锅里，把炕炉子点燃，填几铲子用水和好的煤泥，咕嘟咕嘟熬将起来。熬糖稀是最费时费火的。我们以为很快就能吃上糖稀，谁知把炕烧得烫屁股，也没见到糖稀的影，在眼巴巴的期盼中，我和弟弟妹妹全都进入了梦乡。

待我一觉醒来，天快亮了，睡眼蒙眬中，我见母亲仍然坐在火炉旁熬甜菜，昏黄的灯光下，一头白发晃来晃去。母亲真的老了，我的心里一阵酸楚，“谁言寸草心，报得三春晖”。我对母亲说，睡一会儿吧，白天再熬吧！母亲说，天明咱家就有糖吃了，谁饿急了，就吃一口。我一下子明白了，母亲是怕我们也饿昏过去。我有些后悔，不该把课堂上同学饿昏的事说给她听。

糖稀终于熬好了，盛在一个小瓷盆里，糊状，黑里透红。我用筷子头轻轻挑起，似见了王母娘娘赐予的玉液琼浆，小心翼翼地舔了一点，在嘴里反复品味，透心的甜。

一位著名的东欧小说家说过这样一句话，穷人在想哭的时候也常常想笑。我们兄妹三人，围坐在一起，端着母亲用了一整夜熬好的糖稀，心里乐开了花。母亲疲惫挂着煤灰的脸上，露出一丝不易觉察的欣慰笑容。

2004 年 11 月 10 日午夜

寻找乡情

长篇小说《白鹿原》荣获茅盾文学奖，作家的故乡——白鹿原这个地方名声大噪，游客纷至沓来。评论家冯建福先生称之为“文化寻找”，一句话点燃了我的思绪，我亦曾寻找，寻找的是失落近半个世纪的乡情。

我在故乡兰西县榆林镇有两家邻居，左邻姓刘，右舍姓于。刘家独生苗名曰刘亚，于家长子名叫于添，这俩人和家兄是小学同班同学。二十世纪五十年代初，刘亚考取哈尔滨师范学院，毕业后留校当助教，家乡人说，助理教授也是教授，老刘家祖坟冒了青烟。刘亚父亲早逝，家里在镇上开了个杂货铺，由母亲支撑。我称刘母为三大娘。三大娘出身名门，大家闺秀，读过国高，知书达理，是远近闻名的才女。她喜读书，常常引经据典，谈古论今，我每每向她求教，茅塞顿开，总会有许多收获。刘亚能考取大学，不能不说得益于家教。于添和母亲、继父在一起生活，可谓镇上的小康人家，继父待人和蔼可亲，精通医道，是小有名气的乡医。我腰上曾长过一个火疖子，经他诊治，手到病除。于添对学医不感兴趣，师范毕业后，只身闯荡江湖，去了小兴安岭林区，在铁力县政府当文书、秘书，又当新闻站长、宣传部长，直至地区广电局长。这位出自榆林镇的大秀才，家乡人无不引以为豪。

公私合营那年，连自行车都少见的乡村土路上，驶来一台摩托车，当地人称为电驴子。骑摩托的人是刘亚，小镇不啻爆炸了一颗原子弹，一时间成为街谈巷议的话题。我那时刚上中学，见这庞然大物一踩脚蹬子突突直冒烟，好生害怕，吓得不敢靠前。试探看看摸摸，觉得挺好玩儿，很想到后座上坐一坐，让亚哥带我兜一圈，几欲张口，终未敢说出来。

翌年秋天，父母差我去哈尔滨找刘亚联系转学事宜，我在和兴路转悠了大半天，终于在沙曼屯附近的教学仪器厂找到了他。刘亚见到我挺惊讶，也挺高兴，一个小孩子竟能摸到这个地方。近中午，他领我在附近一家饭馆就餐，吃的什么已经记不清了，但这是我第一次下馆子，特别是在那个年月，一位大学教授在省城招待一个家境贫寒的小老乡。滴水之恩当涌泉相报。三十年后，我工作调到省城，衣食无忧，自以为混得像个人样了，便千方百计寻找同居一个城市的刘亚，并几次去师大打听。当我打通了刘家的电话，异常兴奋，而刘亚却异常冷淡，我祖宗三代地自我介绍，他就是一句话：不认识。这是我多年来第一次遭遇到的尴尬。我握着听筒，眼含泪水，半晌无语。家兄闻听此事后对我说，刘亚俄语非常好，这些年在俄罗斯开了个公司，赚了一些钱，不肯认老乡，可能有他的理由。

话题转到于添，我向家兄讲述了“三年困难时期”和他交往的一段小故事。1960年我上初三，是班上的语文课代表，听说于添是县委新闻站长，就写去一封信，附上几首短诗。很快接到他的回信，他夸我信写得好，诗也不错，让我多读书多练笔。受此鼓励，我信心大增，居然找上门去求教。于大哥对我似亲兄弟一般，给我拿了好些稿纸，领着我去机关食堂吃午饭，给我买了三个白面馒头，满满一大碗炖菜。我狼吞虎咽，风扫残云般吃个精光。那是我在“瓜菜代”之年吃得最好的一顿饱饭。回到家里向母亲一番炫耀，母亲动情地说，你于大哥每天只供应九两粮食，你吃了，人家就要饿肚子！我心灵受到强烈的震撼。

参加工作之后，我找到于添大哥的通讯方式，他家住在外地，多次打电话，邀请他到省城小住，不知为什么，他竟一次也不肯登门。

“众里寻他千百度，蓦然回首，那人却在，灯火阑珊处。”我念念不忘在饥荒年代像对待宾客一样，招待我吃饭的两位老乡，我寻找他们，不仅仅为了感激，而是要在一起叙一叙既醇香又浓烈的悠悠乡情。

2004年11月27日

傻良子

回到呼兰河西的故乡小镇，已是月上中天的时候。如水的月光下，故乡的轮廓依稀可辨，记忆中的那条百米小街，两边的店铺还是旧时的模样，铁匠炉、棉花房、中药铺……门脸儿依旧，只是当年的风采已被雨打风吹去，显出无奈的疲惫。几乎让我辨认不出的是通往省城的那条柏油马路，路边一下子冒出春笋般的大红灯笼，来来往往的大车小辆，如同变戏法一般，一忽儿就不见了，无疑是被如织的酒帜饭幌笑纳进去。

我在一个远房亲戚家住了下来。问起五叔："每天早晨还有挑担卖菜的吗？街边儿的摊床该搬到大马路那边去了吧？"五叔答曰："从形式到内容，如同橘枳，叶徙相似味道不同。你想找的'深巷明朝卖杏花'的人，怕难寻觅了。"故乡是个有文化底蕴的老镇，五叔读过国高，不是村野之人，说起话来时有几句文言。他反过来问我："可曾记得道南出床子的那个傻良子吗？"我说："当然记得，忘了谁也忘不了他。"五叔沏上一壶茉莉花，爷俩一边喝茶，一边唠起这个当年二十刚挂零的青年，一个二十世纪五十年代做生意的人。

傻良子，从小诚实、憨厚，良子前面加个傻字，是小镇上的人对他的昵称，我和小伙伴们都叫他良子大哥。他老家在陕北，西安事变那年同父母一起来到这个小镇上。在本地念完高小，先是跟父亲卖烧鸡，烧鸡做得绝好，远近出名。每天傍晚，傻良子背着一个小木箱，在小街没转上一圈就卖光了。我们小孩子给他编了两句嗑："傻良子卖烧鸡，不上东就上西。"卖了两年烧鸡，攒了点钱，傻良子在我家对过摆了个摊床，卖点烟卷、散酒、糖果、瓜子之类。我上小学的时候，每每路过摊床，良子大哥都给我抓把瓜子或拿几块橘子瓣糖。吃惯的嘴儿跑惯的腿儿，家里要买东西，我就到这儿来买；做完功课，也愿意到这儿来玩。

我最喜欢看良子大哥簸葵花子，一扇一扇的，扇去瘪子和灰尘，再拣出小石子和小块土坷垃，用湿毛巾反复搓揉干净，然后倒在大铁锅里急火翻炒。待炒好完全凉下来，良子大哥抓一把塞进我的衣兜里，一个个籽粒饱满，吃不出一个臭瓜子来。有时，良子大哥像过家家一样，把酒罐子里的白酒倒进另一只空罐子里，剩下一些全泼掉。长大后我才懂得，卖散装酒必须先用酒提搅动一番，盖因上面的是酒，沉下去的是水。我每回用锡壶给父亲来打酒，从没见过他在酒罐里搅动过，不管谁来打酒都一样。每当摊床进菜，良子大哥一捆捆打开，去掉"夹馅"，再一捆捆重新捆上。他总喃喃地自语道："做买卖要讲诚信哪，不能靠这个赚钱！"

唠到这里，我忽地岔开话题问五叔："良子大哥和东街老葛家的三丫结婚没有？"五叔叹道："棒打鸳鸯散了！葛老头出了名的抠门，整个一个葛朗台，嫌良子做生意心太实，没大出息。"我说："三丫是良子下两届的同学，能歌善舞，不管在学校还是镇上演戏，一招一式都是良子教出来的呀！一对青梅竹马的青年男女，那么般配，海誓山盟，怎么说散就散了呢？"五叔似猜透我的心思，接着说："惨啦！'葛朗台'要拆散这桩婚姻，先是不让两人见面，后来来个釜底抽薪，给三丫找个人家嫁到河东去了。从此，傻良子寡言少语，谁说媒也不打拢，一门心思做生意，公平买卖，童叟无欺，从摊床起步，竟成为全镇最大的土杂商店掌柜。良子傻就傻在太痴情了，孑然一身，终生未娶。"

我和五叔久久无语，对"葛朗台"导演的悲剧几近愤怒。令人酸楚的是这出悲剧的结局：每年仲夏时节，人们常常见到傻良子一个人坐在河边，默默向远方眺望。夜深人静之时，镇上的人便能听到傻良子如泣如诉的二胡声，那是陕北民歌《泪蛋蛋抛落在沙蒿蒿林》——"一个在那山上一个在那沟，咱们拉不上话话招一招手"……人们说，呼兰河是"葛朗台"仿效王母娘娘划出的一道天河，傻良子定是期盼着这一天，同三丫能在鹊桥上见上一面。

2005 年 2 月 7 日

丫　头

丫头是个男孩，姓常，浓眉大眼，虎头虎脑，我儿时的光腚娃娃。他爷爷为何给他起这个乳名，怕是家里想要个女孩的缘故。我上学后方知，丫头的生日应该是夏天，要不怎么能有这么一套嗑："常老大家小大嫂/南下洼子摘豆角/一小筐没摘了/肚子疼往家跑/掀开炕席铺上草/老牛婆请来了/不是丫头就是小。"这当是丫头呱呱落地降临人间的真实写照。

六七岁的时候，我差不多每天长在老常家，特别喜欢他家那片大菜园子，一到春天，菠菜、毛葱、生菜、水萝卜下来了，又新鲜又水灵。到了盛夏，白里透绿的洋白菜正在包心，一片片菜叶子如同一个个扇面，扇动五颜六色的蝴蝶翩翩起舞，我俩把扑来的大蝴蝶小心翼翼夹在课本里，不是做标本而是当书签。天大热，我和丫头从麦地草丛里逮回几只蝈蝈儿，放进柳条儿架的黄瓜地里，然后再去逮，垄台踩平了，黄瓜架塌架了，我们才不管呢，还把刚刚坐胎儿的小黄瓜纽儿硬往蝈蝈儿嘴里塞。这时，丫头的二姨从屋里跑出来，像轰小鸡似的，把我们从园子里往出赶："死丫头，还不快上别场去玩，一会儿你二叔回来还得揪你的小鸡鸡！"二叔也是丫头的二姨父，有时叫叔有时叫姨夫，我也弄不清楚辈分的事。年纪大点才明白，丫头的妈妈和二姨是一对孪生姐妹，爸爸和二叔是一对孪生兄弟，两家连亲，亲上加亲。丫头才不管揪不揪小鸡鸡，照样疯玩。疯累了，我们用镰刀割几根玉米秆，坐在地头大吃大嚼起来。听见大门口传来脚步声，猜想不是爸爸就是二叔回来了，他拽着我的手，猫着腰，顺着田塍夺路而逃。丫头家的菜园子，是淘气包子的天堂，那里盛着孩提时代太多太多的乐趣。

上学了，我和丫头分在一个班，每天形影不离，依然常在一起嬉戏打闹。上南大泡子洗澡，下夹子打鸟，去大草甸子捡野鸭子蛋。我俩订立攻守同盟——谁也不许和家里人说。丫头胆子大，敢在学校的土围墙上翻斤斗、打把式，吓得我心惊胆战；他教我扶着墙头踩高跷、立大顶，我学到许多让同学们眼红的本领。有一样本领我学不来，那就是吃土坷垃，丫头像吃软糖一样吃得津津有味，坐在墙根儿下一气儿吃个五六块不在话下。我以为他家比我家穷，吃不饱饭，大人说，这孩子肚里有蛔虫，因为穷，买不起药。

丫头绝顶聪明，特别喜欢看小人书。看过一遍，便能讲述下来。一日，把几个小伙伴约到他家后道闸，支起一个小木框贴张大白纸的影窗，自编自导，演起皮影戏来。演到哨兵在村头巡逻，丫头说："上自习时杨老师总管咱们，在教室走来走去，像不像这哨兵？咱们管他叫杨巡逻吧！”小伙伴们齐声说好，一阵欢呼雀跃，丫头忙用手捂上嘴，示意大家小点声，别让前屋的爸妈听见。不知怎么走漏了风声，这个外号居然在班里传开了。一日开班会，班主任杨老师把我叫到教导处，脸上堆满笑容，很和气地问我：“老师的外号是谁起的呀？”我低头不语。杨老师忽地站起来，怒发冲冠，拍着桌子吼道：“你不说，去找你爸妈！”我一下子被吓住了，去找家长那还了得，只好从实招认，供出了丫头。回到教室，丫头被叫到讲台前罚站，在众多同学面前哭了，那一行行泪珠，流在他的脸上，重重地砸在我的心头。

班会开了一堂课，丫头一直在前面站着。终于放学了，丫头似啥事也没有发生，和每天一样，招呼我一道回家。我惴惴不安，好像刚刚偷了人家的东西被发现了，蔫头耷脑，愧疚不已，几次想说声对不起，终未能张口说出来。这件事在我心里打下很深的烙印。

小学毕业后，我和丫头天各一方，音信两茫茫。听家里人说，他进了皮影剧团，我看也算“专业”对口了，然而，后道闸演皮影戏引发的风波终难忘却。上中学，上大学，我每每在小说或电影中看到革命者的英雄形象，总把自己同《红灯记》中的王连举相对照。多少年后回到故乡，同学们在母校聚会，我忍不住提起这档子事，丫头听罢哈哈大笑道：“我早忘了。外号是我起的，你被老师闷了一顿，这是替人受过……”一席话令我鼻子发酸两眼发热。尽管丫头如是说，我为当年不能挺身而出，分而担之，岂能不省身思过？我站起身来，伸出双手，动情地说：“让我再叫你一回吧——丫头！”

2005年5月26日

思念老屋

常常做梦，总梦见故乡那个秫秸房，薄麦秸抹墙的碱土老屋。

老屋坐落在松花江北榆林镇最繁华最热闹的大街上，虽说我家老屋仅是一个小杂货铺，但在这个集镇上也算数得上的买卖家了。老屋坐北朝南，门前一排笔直的大杨树，遮天蔽日，冬天落叶，春天吐绿，我和小伙伴们在树下嬉戏打闹，鸟儿们在枝头婉转啼鸣。

我家小铺的东侧是老刘家开的日杂商店，颇具规模，货架子上锤子、钳子、铁钉、折页摆得满满当当，地上堆满铁锹、镐头、牛鞅子和马车上用的缰绳。刘掌柜是位待人和气极精明的买卖人。小铺的西边，老张家开个酱菜园，屋里尽是大大小小的坛坛罐罐，老远就能闻着一股醋的酸味。张大爷是位山西人，很少有人叫他的名字，大人小孩都直呼其张老西子。而我家对面的杨家小茶馆再简陋不过了，泥土砌成的炉台上一溜铁水壶，个个肚子大屁股小，坐在煤灶上严丝合缝，地中间仅有一张油漆剥落的旧方桌。烧水的老爷爷是镇上的老寿星，八十开外，背驼身子骨却硬朗，眉毛修长，雪白的胡须飘洒在胸前。

从打我记事起，我差不多每天都在这三家街坊邻居的房前屋后玩耍。父母一天到晚嘱咐我，要有礼貌，见到大人要主动打招呼，年长的叫大爷、大叔，平辈的叫大哥。父母示范，以他们的方式教育我们，可我操作起来时有失误，还闹出不少笑话。

我的第一次外交活动，是向刘大叔家借滚苏雀儿的鸟笼。在刘家门前徘徊好一阵子，盘算如何开口。刘大叔看见了我，笑呵呵地对我说："小子，进屋来玩吧。"我脱口而出："刘大哥，我来借鸟笼子。"刘大叔听罢哈哈大笑，说我叫差辈了，不但没生气，反而夸我懂事，学会说话了，把鸟笼交给我，一直送到大门外。出了这次洋相，我再也不敢造次。

翌日，去张家酱菜园玩捉迷藏，我蹲在一个大水缸后面，等小伙伴寻找。这时，张大爷走过来了，我赶忙站起来，经过一番思考，恭恭敬敬叫了一句"老西子大爷"。一向不苟言笑的张大爷揪揪我的耳朵，拍拍我的脑袋，开心地笑了。我不知道错在哪儿，大人告诉我，老西子是外号，不是小孩子们随便叫的。

那时家境中兴，常用一把卤子壶沏上茶叶末招待来往客人，我每日里去对门的杨家茶馆打开水。白胡子老爷爷一见到我，便眉开眼笑，操起炉钩子勾旺煤火，将水烧得滚开，灌进我拎的竹皮暖壶里，一遍遍嘱咐我当心别烫着。一有闲空，老爷爷就用猜谜语的形式教我识字，比如"二人土上蹲"的"坐"字，"一点一横长，一撇到南梁，上十对下十，日头对月亮”的“庙”（“廟”）字，都是从茶馆里学得的。

我思念老屋，不仅仅因为它是哺育我的摇篮，也不仅仅因为在它的身边度过了最快乐的童年时光，它令我拥有难以割舍的太多太浓的乡情。我日夜思念老屋。

2003 年 7 月 13 日

秧棵地

人民公社年代，生产队分给社员的自留地，谓之秧棵地。这样的地皆在房前屋后离家较近处，或一条儿，或一块儿，或几根垄，大都种些蔬菜，也有种植大田作物的，以贴补口粮。

1959年，二哥从师范学校毕业了，分配到庆安县勤劳公社一个小学校教书。住在学校最朝阳的一间房子里，由老校长安排特意腾出来的，打扫得干干净净，满屋用报纸糊得亮堂堂。尽管烧炕、挑水、做饭等家务活儿二哥样样会干，可是学生们不答应，蜂拥而上全包了。学生的家长更不用说，有的送来柴火、米面，有的送来鸡蛋、鸭蛋，还有的在自家火炉上焖好一饭盒大米饭，用毛巾包好塞到二哥手里。要知道那时候家家户户何等困难，有的人家连买糊窗户纸的钱都拿不出。

第二年春天，生产大队破例给盼了多年终于盼来的科班老师分了两根垄的自留地，在生产队最好的大田地边上，毗邻学校附近的树趟子。面对真诚朴实的父老乡亲，本不愿来这偏僻山乡的二哥，心灵受到极大的震撼。

到了种地时节，大队长问二哥想种点什么，二哥不假思索道，家住在县城，月月口粮不够吃，打算种点能顶口粮的作物。大队长二话没说，从家里拎来半面袋子黄豆种，和二哥一起播了下去。待豆苗出齐后，二哥写信问我能不能来帮他铲地。我在县城里读高三，书生意气，正想到农村体验生活，借故向老师告个假，步行三十多里路，赶到二哥的学校。

那日，在二哥的秧棵地里铲地，细雨轻轻柔柔地飘洒着，像一首抒情小诗。我甩开双臂抡起锄头，垄两帮一边一锄，锄过一层皮，正应了农民所说的“呱嗒板带冒锄”那句嗑。歇晌了，大队长打地头走过，见状皱了一下眉头，接过我的锄头，说一句“这样提草”，但见锄板在苗眼儿间穿来穿去，挥洒自如，像是在大地上绣花。我催促大队长赶紧回去吃午饭，大队长嘴里答应着，锄头仍在手中挥舞不停。低头看看自己铲过的地，心里说不出是什么滋味……

我是在“长空雁叫霜晨月”的情境中下乡来秋收的。我知道，黄豆比任何庄稼都难割，豆秆一层白霜，豆荚扎得手生疼，一天下来，两手都是血道子。还未割上一半，腰也酸腿也疼，想打退堂鼓打道回府。亏得二哥学校的一帮同学赶来，帮我割完地，打草绳捆好割下来的豆棵，一趟趟背到场院。就是在这里，我这个城里的高中生，向乡下的小学生学会了用连莗打黄豆，用木板锨扬场，用麻绳缝口袋嘴儿。

黄豆丰收了，生产队的大车进城拉货，将豆子捎了回来，全家老小喜笑颜开。炒黄豆，生豆芽，用小磨磨成小豆腐，既当菜又当饭，香甜可口。母亲烀了一锅豆子，做了几块方方正正的酱块子，用报纸包好，吊在房顶上。

后来，所有秧棵地险些被当作“资本主义尾巴”割掉。未曾料到的是，二哥的这几垄秧棵地，伴全家度过了六十年代最为饥饿的灾年。

2002 年 3 月 23 日

乡 下 人

我的老家在乡下，自然有许多乡下亲戚。久之，乡下人称我是城里人，而城里人则称我们这些亲戚为乡下人。就连我家楼下邻居刚上幼儿园的孩子也不例外，每当看见老家来人，便迫不及待地对我说："你家又来一帮乡下人，我妈不让吃他们给的东西，不讲卫生。"

可也是，一进腊月门，乡下表弟带上自家做的大黄米黏豆包和宽粉条，一路风霜来城里串门。家里没人，都上班了，便径直找到机关大楼来。传达室门卫一看，来人肩上前后套着两个油脂麻花的面袋子，头戴一顶系得严严实实的狗皮帽子，帽带打成死结，越着急越解不开。"你找谁？"门卫从窗口探出脑袋，极不耐烦。"找我表哥。"得知找我，门卫忙换笑脸，把表弟让进屋里，给我打电话。记得我刚调入这座大楼，还没来得及办理工作证，第一次进门，便遭门卫严格盘查，我不得不报上官衔，孰料门卫不信，见我这身穿戴断定不是城里人，涉嫌诈骗，欲把我带走。

这时，机关一把手由秘书陪同进门，见到我主动上前握手，问暖问寒，关心备至。门卫尴尬之极，从此对我刮目相看，对我老家来人也客气有加。尽管忠于职守的门卫作风大变，表弟这副衣着打扮总是有些影响市容。

那年夏季，侄女婿从乡下进城，正赶上哈夏音乐会开幕，办公室主任费挺大劲儿多弄了一张门票，带我这个亲戚一道观看。开场不到一刻钟，身边鼾声大作，将其推醒，不多会儿鼾声又起，无奈，我只好把他送回住地。这个乡下人边起身边嘟囔："啥好看的，还不如在乡下看二人转。"在场同事虽无嘲笑之意，但我有这门亲戚，自觉面子无甚光彩。

这里的确不同于乡下，住在一个单元楼里，左邻右舍互不往来，互不认识，只是脸熟。去年刚过中秋节，我家对门那家搬走了，不几天，又新搬来一户。这家挺有意思，装修房子，门窗大敞四开，谁路过谁探头往里看，屋里的人很友善，像老熟人似的和你打招呼。平时，房门也不上锁，家里人回来了，不用掏钥匙，拉门即进。时间久了得知，这家人是从呼兰河东搬来的，就老两口，儿子给买的房子，地道乡下人。

我们住的这栋楼虽然只有二十几年的历史，却很破，似到了耄耋之年，老态龙钟。一进楼道，墙皮剥落，窗台狼藉，玻璃残缺，水泥楼梯豁牙露齿，特别是三楼那个有钱人家，门口堆满垃圾，也不装塑料袋，稀溜一片，似起劲儿炫耀富有，经过这里，个个掩鼻。我和妻商量几次，想仨瓜俩枣把房子卖掉，到新开发的居民小区去住新房。

天冷了，家家户户忙着封门糊窗，准备过冬，唯有楼道窗户无人问津。天大冷，有的人还算负责，弄块胶合板堵上，或弄块破玻璃挡上，压上一块砖头了事。一日下班回家，忽见楼道窗户异样，亮亮堂堂，每个楼层都上齐了玻璃，有的窗扇上一整块，有的用两块拼成。在这儿住了多年，此时方感到冬天的楼道也是温暖的。这是何人所为？问号在心里稍纵即逝，过后便渐渐淡忘，包括我在内，所有的邻居还没有去追问此事原委的兴趣。

转年天气渐暖，楼道脱落的墙皮被补上了，窗台抹平了，这才引起邻居们的注意。谜底终被揭开。负责楼区垃圾站的女清扫员告诉大家，上玻璃、抹水泥的是新搬来的那位乡下人，玻璃是他一块块捡来的，水泥、沙子是他用自行车一趟趟驮来的。我一下子想起来，我们这个单元门口地势低洼，下雨积水，就是这位乡下人用小石块垫平，抹上水泥，上边搪一块木板，方便行人出入。三楼那位有钱人家的贵妇人，花枝招展，一身珠光宝气，扭动腰身，嗲声嗲气，抱怨施工单位给她带来不便。我在楼梯上常常遇见这位衣着朴素、头发花白的弓腰老者，手里拎着垃圾袋蹒跚下楼，我以为是女清扫员的亲属在帮忙哩！同时发现，这位乡下人的家门前从未存放过一袋垃圾，楼层的水泥地上也没有一点污迹。

此后的日子里，每每见到对门这位邻居，在楼门口或扫雪，或垫路，敬意顿生，亦颇有几分内疚。闭门沉思，感慨多多，不知何故，我和妻竟不想搬家了。

2000 年 8 月 10 日

父　亲

放下又拿起的是女儿的信件，拿起放不下的是我对父亲的忆念。顷接女儿的来信，言及大学珠算她已过了学校要求的最高级别——六级，老师讲相当于校外的四级，班里只有四个人过了关。她是怀着掩饰不住的喜悦心情向父亲报告的，我的心情却一下子沉重下来，忆念起她的祖父——我的父亲来。

我出生在松花江北岸的一个不算小的集镇，那时，人们对哈尔滨大凡称江南，可见只有一江之隔。大约四岁或五岁的光景，便记得我家东拼西凑，花三十万元旧币（相当于今天的人民币三十元），买下一间板夹泥结构的简陋偏厦子，尚可挡风遮雨。前半间做门市，后半间住人。那时，门里支口大锅，父亲和母亲终日炸玉米面丸子勉强维持生计。一天下来，母亲刮一刮盆边盆沿，炸一盘手指肚般大小的面丸子，我称之曰“小鱼”，这便是一家人晚餐的主食了。父亲烫上半锡壶浊酒，有滋有味地品着。每当此时，他便用手指蘸着酒盅里的酒在饭桌上画着，教我识字。可惜的是，当时的我并无兴趣，只顾吃“鱼”，父亲摇摇头，轻轻地叹息。

七岁那年夏天，我和一群光腚娃娃在城南大泡子洗澡，有人说学校招收新生了，我便鬼使神差地跑到学校。穿上从小伙伴那借来的一件破背心，数了一百个数，就被学校录取了。回到家一说，父亲笑眯了眼，那神情似三盅酒下肚一般兴高采烈。

待到我家高利抬钱换了两间门市房后，便成了名副其实的代销店，经营食品杂货，可店还是小店。店里不再点豆油灯，而是换了一种有玻璃罩的煤油灯。我每天放学后的工作便是擦灯罩。这个工作虽然很简单，却有打碎的危险，父亲示范一次后让我操作。这对一个十来岁的孩子已是很信任了。“后之视今，亦犹今之视昔”，我未能如此。对于我的三个孩子，我做得不十分好，凡事不放手。当然她们也得不到锻炼，这大概是我过惯穷日子的缘故。

最难忘的莫过于灯下度过的那段时光。本是小镇，夜晚顾客寥寥，父亲坐在柜台里，戴上老花镜，悉心清理来往账目。同居住在一个集镇上，人都很熟悉，常来的主顾也都过得不宽裕，大多不付现钱，名下记账，多则欠十多元，少则欠三五角，流动资金全被占死。无奈，父亲研好墨，铺开纸，写了一个告示：本店小本经营，恕不赊欠，免开尊口，面目无光。这些字我认得，却不解其意，父亲不厌其烦逐句讲解。告示张贴后，收效甚微，倒是一手好毛笔字令欠账者赞叹不已。赊账有增无减，父亲只有苦笑。使我惊异的是，核对账目时，不管我念得多么快，父亲的算盘像玩似的噼啪拨弄，每次竟不差分毫！他几番引导我习毛笔字、学算盘，我虽然无可食之“鱼”，却仍无兴趣。儿女未必依顺老人所设下的轨道前进。父亲不再叹息，而是一脸的无奈。此后几个春节，父亲连对联也不写了，鼓励一个常到我家串门的青年人写，并夸他字写得有长进，还犒赏他吃饭。记得他龙飞凤舞写了一幅“花红柳绿春光好，人寿年丰乐无疆”的对联，刷刷点点，不知道是否真的比父亲写得好，直到我略知什么是书法，才明白此公的字还登不上大雅之堂。陶翁有诗云：“昔闻长者言，掩耳每不喜。”我虽接受父亲的慈爱，对他的教诲我又接受多少呢？现在反省起来，深感愧然。

那一年夏秋之交，只有六岁的小妹妹同邻居家的同龄女孩吵架，其兄找上门来，质问父亲：“你家孩子为什么说我家小丫偷菇娘？”父亲赔着笑脸，拍着这个二十岁小伙子的肩膀说：“爷们儿，回去吧，大伯给你赔不是了！”并一直把他送出门口。我气不过，问道：“不分青红皂白，凭什么这么放肆？这不是欺负咱家吗？”父亲和颜悦色地摆摆手：“得容人处且容人！”后来，这个小伙子患了精神分裂症，时好时坏，犯病时谁也不敢近前，奇怪的是，一见到我父亲，便喃喃自语：“大伯给你赔不是啦……”

父亲是一个平凡的父亲，生前甚至没有一幅照片，但摄入我心海底片上的肖像却是那么清楚。他一生未曾享过一天福，是众多劳苦者中之一员，终因贫病交加而过早地去世；为人师表，谦和忍让，终被那个时代所埋没。如果我学得一点点待人接物之和气，还能宽以待人，不能不说有父亲的感化。

古人谓："父母之年不可不知也，一则以喜，一则以惧。"三个女儿长大了，都不曾见过祖父，也想象不出祖父的模样。她们自己的父亲不会像祖父那样教她们打算盘，写毛笔字，这不知是她们的幸运还是不幸；她们未曾生活在那个艰辛的岁月，却是她们的幸福。

盛夏时节，草木茂盛，每次上坟，总要在那座山上找来找去，多亏长兄在父母的墓前刻有一块小石碑，才得以辨认。想到那石碑，便有许多话在心中涌动，于是，写一点关于父亲的文字，是为心祭。

1997 年元旦

母　　亲

说起我的母亲，便先想到她的名字。从我记事时起，一直以为出嫁后的女子通常都要在丈夫的姓后面加上自己的姓氏，没有名字似乎天经地义。而我的母亲则不然，她虽然没有读过书，也识不了多少字，但是在公众场合，总要赫然报出自己的名字——程福增。母亲的娘家在山东，与孔夫子同乡，可是，居然没有裹脚。这两件小事，能否视为一位普通妇女对封建礼教和其所处社会地位的一种反抗呢？是的，我以为是。

东北沦陷那年，父母领着长兄和同龄的堂兄闯关东。一过山海关，风雪漫天，滴水成冰，父亲脱下羊皮袄裹在堂兄的身上，自己冻得瑟瑟发抖。翌年冬天，抬钱为堂兄娶妻，为这桩婚事，如伍子胥过昭关，母亲急成一头白发。

父亲读过私塾，能写字会打算盘，给一位磕头弟兄开的店铺“三庆宫”站拦柜，吃劳金。虽是同乡又是磕头兄弟，却是雇佣关系，掌柜的每天吃小灶，伙计们却是另一种伙食了。父亲为人谦和，从不计较，母亲对此深为不平，不愿让父亲寄人篱下。几经劝说，父亲终于答应另起门户，借了点钱，自家出了一张床子，卖些旧衣物之类，后来以高利抬了两百元钱，兑了两间临街的碱土平房，挂上了杂货店的牌子，算是有了一个小店铺。从此，父母轮流到江南的哈尔滨道外商家批发进货，运回榆林镇零售，日子倒也过得去。那时交通十分不便，从榆林镇坐斗子车（马车）到对青山，再坐火车到哈尔滨，一百里路程，一天方能到达。

赶上阴天下雨，土路泥泞，斗子车走不了，榆林镇到对青山的四十五里路就只好用步量了。母亲同男人一样，每月都要往返几趟，苦累自不必说，但她从未曾说过一句服输的话。

进了腊月门，是小店铺最好的时光，农民忙碌了一年，都要来镇上办年货。农民手中的钱毕竟有限，只能买一刀黄表烧纸，一张写对联的大红纸，几张红红绿绿的挂钱，一包蜡烛，一把香，请上灶王爷和天地牌，年货就办齐了。一个腊月下来，能挣几十元钱，一家老小甭提有多高兴。母亲不管多忙多累，一到晚上总要点上罩子灯，让我在灯下给她念唱本。书中许多字我不认识，只能蒙个大意，母亲听得认真，常常帮我纠正，并讲解一番。到现在，我仍记得母亲听唱本总结的一套嗑：想听武的《响马传》，想听文的唱刘戎，不文不武《两块印》，大风刮走了白秀英……我对文学的兴趣，不能不说与此密切相关，母亲当是我贴近文学的第一位启蒙老师。

父母亲虽然为生计时有口角，烽火迭起，但在教育子女上却有惊人的共识。1950 年冬天，长兄报名参加抗美援朝，回到家里对二老说：“上级已经批准，我要走了。”父母听了后异常平静。父亲说：“这是精忠报国。”母亲说：“忠孝不能两全，你去吧！”

1958 年“大跃进”，这是一个狂热的年代，到处喊亩产万斤粮，到处大放卫星。镇上经常组织商贩为公社试验田抗旱浇水。父亲体弱，母亲充当主要劳力出工，一个夏天未得消闲。两只大水桶，母亲挑起来健步如飞，其时她已年过半百。大家无不对这位一头白发的老太太刮目相看，老邻旧居的同龄人称她为老大嫂，小伙子们都称她老吴大娘，只有这个夏天，听不到有人称呼她的名字。

这年秋天公私合营，镇上十几家小杂货店合并成一家综合商店。庙小僧多，除留下三四家有点经济实力的以外，其余各户一律分流到各村屯去开小卖店。我家被分到距镇上十二里地的牛家窝棚，并被勒令限期搬家。这期间，祖母病故，父亲从山东老家回来，借酒浇愁，诸事不管，家里家外由母亲一人打理。母亲找到主管合营的杜头（绰号杜大头），陈述家中的难处，老的老，小的小，大儿子在外当兵，请求留在镇上的综合商店。正在吃请的杜大头，脑袋摇得像拨浪鼓，用鼻子哼着说：“不行，不行，就是不行！你家能拿出多少钱?”母亲气得浑身直哆嗦，二话没说，转身愤然离去。回到家和父亲商量，如果去牛家窝棚，孩子全都得辍学。我们走，上林区！就这样，一家五口在一个寒风凛冽的拂晓，一辆牛车拉着两个旧木板箱子装就的全部家当，净身出户。这一年，我十三岁，弟弟十岁，小妹只有七岁。

翌年深秋，父亲终因贫病交加悄然故去。母亲给只有百十里远近的堂兄连拍两封电报，让其赶回来送送叔父。堂兄没有来。“三年困难时期”，堂兄因城里挨饿回来“弄点口粮”。提及父亲，性情刚烈的母亲当着众人，指着堂兄的鼻子怒不可遏道：“你有儿有女，想为子女树个无情无义的榜样吗?!”

这一年放寒假，我约同学潘希荣、刘铁民、闻国良搭伴去十几里外的河套割柳条子当引火烧柴，不料回来的路上被人无端扣留。我饿着肚子，拉着空爬犁无精打采地回到家中。母亲问明情由，一边帮我脱掉冻得硬邦邦的胶鞋，一边安慰道：“扣就扣了吧，人家自有扣的道理，快吃饭吧。”竟没有责怪我一句。第二天，我不甘心，又去索要柳条子，照例空手而归。偏巧，遇见我家邻居宋大夫的老父亲宋大爷，老人家留我吃了午饭，又用布袋装了十多斤大米让我背回家。母亲知道后，劈头盖脸一顿大骂，直骂得我大气都不敢出，不知她为何动这么大气。后来才明白，当时的十几斤大米，足可以救一条人命，这是从人家的口里夺食呀!

我不论在外地读书还是后来在异地工作，常回家看望母亲。每次离家，母亲从未走出家门送过我，也从未表现出相见时难别亦难的眷恋之情，就像我在她身边时每天去学校上学一样。一个隆冬的夜晚，我顶着“烟炮儿”大雪步行去火车站，路上想起有件东西忘在家里，忙顺来路返回去。突然，发现母亲步履蹒跚迎面走来，我明白：这是母亲送别子女的一贯方式。每次临行前，母亲总唠叨，去车站绕点远走大路，抄近道过那个壕沟全是冰，沟边老米家那条大狗又咬伤了人……我含着泪水凝视着本不该这般苍老的母亲，但见她手里拄着一根树枝子，满头白发在昏黄的路灯下一闪一闪。

1970 年的夏季是一个相对平静的夏季，“文化大革命”的风暴趋于平缓，毛主席发出“大学还是要办”的最高指示，北大、清华开始招收首批工农兵大学生。在“读书无用论”的影响下，许多人对上大学尚无太大热情。由于我曾被造反派错误批斗，落实政策时我要求过上大学，于是工厂把我列为推荐人选之一。入学通知书下来后，我反倒犹豫了：这一去好几年，家里没有经济来源，母亲妹妹如何生活？母亲看出我的心思，斩钉截铁地说：“去，一定要去！天无绝人之路，家里不用你管！”在母亲的“软硬兼施”下，我才坚定了上大学的决心。世界上有些事情难以逆转，1963 年我报考北大落榜，七年之后，成为北大的学生竟成为现实。入学之后得知，许多原来该入学的青年人，不是父母反对或舍不得，就是对象拖后腿而与大学失之交臂。

在我的成长过程中，母亲为了不让我辍学而毅然率全家出走；为了让我进大学深造，自己宁愿含辛茹苦。这两步，无疑是我人生道路上极为重要的转折点。母亲没有文化，是千千万万普通劳动妇女中的一员，对于我，她却是生我养我教我的最称职的导师。母亲性格刚烈，宁折不弯，我受母亲的感化，也曾有一些棱角，不过都稍纵即逝，很快磨光，这大概是接受“文化大革命”深刻教训的缘故；母亲为人厚道，心地善良，如果我学得了一点点，无疑是受她的影响。

我最后一次见到母亲也是冬天，是她弥留之际。我买了半个西瓜送到她的枕边。母亲缓缓道：“你平时给我的钱我都攒着，发送我用这钱，请大伙吃顿饭。”母亲走了，向我和这个世界平静告别。

七十年代，我曾在林区为母亲准备了一副红松木的料片，没有一个节子花，做好棺材后一直存放在后院，我知道，这是对她的一个安慰。为了土葬，大哥大嫂在春光林场的山上为她选了一块墓地。出殡这一天，雨停了，当汽车拉着棺材上山的时候，汽车打坞了，有人说，老太太没相中这个地方，所以不愿意走。我到跟前一看，原来车轮下面有伐根，拖拉机一拉就上去了。现在回头来看，母亲怕另有一番担心，她所要去的山上，树木被随便砍伐，不知哪一天会砍到她居住的宅院。也真是，我清清楚楚地记得，她和父亲合葬的坟头，曾有一棵茶杯粗细的小榆树，不知何时不见了，想到此，我的心不免隐隐作痛。联想到母亲不愿上山不是没有道理，作为生于斯、长于斯、同大森林有不解之缘的我，怎能不大声疾呼：无论为了生者的生存，还是为了逝者的安宁，毁林开荒者，请住手！

1988 年 1 月 28 日（正月初一）

送女儿上大学

历史现象有惊人的相似之处，二十五年前，我是乘坐这趟特快列车去北京上大学的；二十五年后，我又乘这趟列车去北京送女儿上大学。二十五个春秋过去了，那一幕幕激动人心的情景仍然历历在目。那时我们这群来自全省各地的热血青年，坐在阳光照耀的硬座车厢里，一路唱着革命歌曲，一路洒满革命豪情，上大学，管大学，改造大学……如今，我和女儿坐在全封闭的硬卧车厢里，港台歌曲不绝于耳，我不禁喟叹，时代前进了，世界改变了，二女儿都成了大学生，不知不觉中，我已老之将至！

陪女儿办完所有的入学手续，安置好床铺，非但没有喘一口气的轻松，心情反而愈加沉重。我对女儿说，带你到市里转一转吧，对京城有个大致印象，明天我就回去了。谁知原来答应得好好的女儿竟然变了卦，任我怎样说执意不肯践约。我要发作，转念想到分别在即，便哄骗她说，老爸要买件上衣，帮我参谋参谋。精明的女儿理解我的用心，欣然首肯了。先到王府井百货大楼转了一圈，后到东长安街上眺望了雄伟的天安门和人民大会堂，便坐车回到位于北京西郊的学校。女儿说，不知为什么，不回到学校心里不踏实。我猜度，她还是被外语所困扰，这是心理压力所致，对于学了几年俄语的她，再转而去学英语谈何容易。难怪她总喃喃自语："英语课本有三十多册，我得拼搏！"当日下午，女儿果然领来一抱英语课本和一打盒式带，她对我说："家里的单放机一时捎不来，先买个旧的用吧。"我宽慰她，不要压力太大，凭你的天资和悟性，会跟得上的。时下，不少大学生考进大学后，就像进了保险箱，不思进取，女儿有此上进之心，不能不说难能可贵。

那一天，我是中午去学校向女儿告辞的，正赶上宿舍里五个同学围坐一起吃午饭。女儿见到我，马上放下刚刚掰开的馒头，领我去食堂，她知道我喜欢吃带馅的，买了六个包子要我回宿舍和她一起吃。我坚持回招待所去，好让她快些回去吃饭。正当我在距学校二十多里的林业部招待所里吃包子时，有敲门声，来人竟然是女儿。学校到这里要换乘两次汽车，人地两生，能找到这里，够难为她了。后来我才知道午饭她未吃，买的饭菜完好地放在书架上，心慌的女儿自从离开家后，还没有吃好一顿饭哪！这个孩子从小营养不良，几乎没吃过什么营养品，和大人一样吃高粱米、玉米面，不到一周岁就能走路，在幼儿园抢着帮阿姨倒痰盂、递笤帚。看着她单薄的身体，我心底升起一种莫名的愧疚。天性开朗的女儿此时望着我简单的饭食，不无戏谑地说："老爸呀，莫要太艰苦哟！"

离别的时刻终于到了，女儿挽着我，坚持送我到公共汽车站。路上，她将叠得很板正的两张百元人民币塞给我，可见她对我们这次北京之行的支出有多么明白的计算。我不收，想她离家在外，手里应有几个机动钱。然而女儿却说，穷家富路，以后家里可以给我邮。我无言以对。孩子在父母跟前总长不大，一旦离开父母一下子突然长大了，不是吗？她从不艳羡那些花钱大方、出手阔绰的男女公子，亦不歧视来自穷乡僻壤的农家子弟，也没有随便花钱的习惯。她曾向我说过，某某同学花那么多钱，如不好好学习，真是对不起父母的辛劳啊！

公共汽车开动了，从车窗向后望去，只见亭亭玉立的女儿木然地站在站台的铁栏杆旁，似一棵孤独的白桦一动不动地伫立在风中，那束又浓又密的长发像白桦的枝条轻轻摇曳，泪水模糊了我的双眼。女儿啊，你不会孤单，回到学校——大森林的怀抱里，你定然会在这块丰腴的土地上一天天成长，也定然会迎来一个个阳光灿烂的日子。

1995 年 9 月 12 日于北京

家　兄

我和范震威先生主编的一套文学丛书，其中有一本名曰《我所经历的岁月》，作者是一位离休老干部。审读书稿时，发现一张折痕残破、纸张泛黄的奖状："兹有铁力县区（村）吴仲三同志，在伟大的抗美援朝保家卫国战争中志愿赴朝参加战勤，完成任务光荣归国，并为人民立下二等功。特发此状以资鼓励。中国抗美援朝总会黑龙江省分会，一九五一年十二月九日。"奖状的得主，亦是书的作者吴仲三，是长我十七岁的家兄。此前，我从来没见过这张奖状，也从来没有听他向家里人提起过，这不能不让我震撼。尘封的思绪，顷刻间被一张虽然失去光泽却仍然炫目的奖状唤醒，我沉浸在和他一起生活的那段时日。

二十世纪六十年代初，被称为"三年困难时期"，家兄从县武装部转业到庆安镇担任团委书记。在北门外蔬菜大队租了一间半草房，老少三代八口人挤在一起。日子过得很苦，一家人宁可挖野菜，撸榆钱儿，从未动过生产队的一粒粮一棵菜，尽管蔬菜大队为家兄包点管辖。家兄不止一次向我们兄妹几个讲锦州出苹果的故事，我似懂非懂，但从那时知道，公家的东西不能随便去拿。

两年之后，家兄调到铁力县工农公社任纪检委员。

深秋一个星期六的下午，家兄说，全家老小好几个月没见荤腥了，借了几片丝挂子，我带你下屯去挂鱼。我喜出望外地跟随家兄和他的部下小白，推着一辆破自行车，直奔三十里外的黑鱼泡。

到达黑鱼泡已经日落西山。泡子四周长满茂密的蒿草，晚风徐来，蒿草轻摇，似片片云朵遮住倒映在水中绚丽的晚霞。家兄和小白用车内胎做成一只小船，把十几片丝挂子下到水里。约莫一堂课的工夫，起了两片，只见挂起的活鱼银光闪闪，摘下鱼用柳条儿串上，家兄引领我们向附近的一个小马架走去。推开房门，点上油灯，小白开膛洗鱼，我和长兄劈柴生火，清水炖鱼。我正纳闷这是谁家，房门开了，一位白胡子老人走了进来。长兄介绍道，这是生产队看地的李大爷，土改时的老房东。李大爷见到家兄高兴极了，忙回家取米，给我们焖上了满满一锅大米饭。吃罢饭，李大爷非让我们三个人躺在火炕上不可，把唯一的一床被子给我们盖上，自己蹲在地上抽烟，给我们讲过去的事情。烟火时明时灭，但见李大爷刀刻般的脸上现出欣慰的笑容。

第二天大清早起挂子，十几片挂子挂满鲤鱼、鲇鱼、鲫鱼，一道道银光在水面上打闪。活蹦乱跳的鲜鱼在泡子沿上的草丛里翻斤斗，少说也有三十几斤。家兄给李大爷留下半土篮子，偷偷藏在马架子门后面。小白把大鱼小鱼分别装在两个袋子里，然后收拾好丝挂子，我们满载而归。

我清楚地看见，小白将装大鱼的口袋放在家兄的自行车后座上，可到家一看，里面全是小鱼。我一下子明白了：在途中，家兄趁小白不备之时，调换了袋子，把大鱼给了小白，小白全然不知。

家兄在纪检委员的岗位上办过的案子不计其数，上下无不说其公正廉洁，多次受到上级的嘉奖和表扬。公社领导班子换了一茬又一茬，而家兄却原地不动，一干就是三十年，离休时职务仍是纪检委员，级别为正股级。对此，我没听他说过一句愤愤不平的话。

2005 年 7 月 16 日

弟　　弟

上个世纪五十年代初，我在呼兰河西的一个小镇上小学三年级。抗美援朝归国、在铁力县武装部当秘书的家兄，回家探亲时，正赶上放暑假，见我一天到晚只知道带小我三岁的弟弟玩耍，也不写家庭作业，要把我领走，管束一下，去城里住些日子。

我当然愿意出去开开眼界，看看高楼大厦、电灯电话。但最让我不放心的，是放在抽屉桌里的那十几本宝贝小人书（连环画）和故事书，盘算怎样防备弟弟和他的小伙伴随便乱动，“乘虚而入”。趁弟弟不在家，我把这张东倒西歪的三屉破书桌左侧面打了个小洞，然后把一根二寸铁钉穿进去当插销，给抽屉上了锁，自以为万无一失。孰料，当我从铁力回到家里，迫不及待地去查看小人书，可抽屉怎么也打不开。经反复观察，原来弟弟比我高明，从中间抽屉用两根铁钉上了“锁”，比我设置的锁还坚固还隐蔽。以其人之道还治其人之身，弟弟此举，不能不令我望钉兴叹，自愧弗如。

眼见家境每况愈下，父母领着我及弟弟、妹妹从乡村迁往林区，又从林区迁居到一个县城。父亲病逝后，一家人靠家兄每月给的二十元钱维持生活。母亲每日里思念二十多年未见面的姥姥。那年夏天，母亲咬咬牙横下心，东凑西借点儿钱，领着妹妹回山东老家去看姥姥。母亲走后，为了在城镇供应粮本中能节省下来几斤米面，给母亲和妹妹留着，我和弟弟商量了一番，想出一个办法。弟弟从邻居家找了个玻璃瓶子，把米倒在菜板上，像擀面条似的，把高粱米粒擀成细面，我俩每天吃咸菜条，喝高粱米面糊糊粥。弟弟喝得很高兴。记得他还给我讲过一个故事：一个穷人家过年，没有肉，年三十吃红薯，还得说吉利话。大人吃红薯皮，说这是瘦肉，小孩吃红薯瓤，说这是肥肉。一家人吃得挺香甜，年过得挺乐和。听了弟弟的讲述，我假装笑了，心里却在哭。论年龄，他是我的弟弟，此刻，他却是我的长兄……

时值秋天，每当星期日，我便和弟弟同小伙伴一起，跑五六里地远的大地，去拾庄稼的秆棵，回来搓下上面的玉米粒、黄豆粒。我俩仿效左右邻居，和泥脱坯，扒炕抹墙。弟弟上理发店弄来了几把落地的头发茬子，掺上黄泥，把炕炉子炉膛套了一遍。我俩每天早晚生火，用炕炉子做饭，日练日熟，烧炉子水平显著提高，似乎超过了比我们年龄大的青年人。母亲从山东老家回来，见哥俩离开大人好像一下子长大了，一颗悬着的心才放了下来。

我高中毕业后，进了小兴安岭的铁力木材干馏厂当学徒工，每月工资十八元，弟弟初中毕业在家待业。是年冬天，我从铁力回家看望母亲，未见到弟弟，母亲说，县里召开三级干部会议，在县一中吃住，你弟弟和几个同学让老师找去，给开会人住的宿舍烧炉子。我连忙赶到学校，找到弟弟。只见他穿着一件破旧秋衣，满脸黑灰，汗抹流水，正给火炉子填煤，红红的炉盖子把弟弟的笑脸烤得通红，只为一天一宿能挣八角钱，我心里一阵酸楚。转念一想，我聊以自慰，弟弟在家里学到的烧炉子技术，这下子倒派到了用场，有用武之地了。这一年，弟弟年仅十五岁。

“文化大革命”伊始，狂风暴雨将弟弟卷进了上山下乡大军之中。弟弟和一批知识青年，去了偏远的和俄罗斯鸡犬相闻的逊克，在军马场当了一名穿军装的农工。几年后，弟弟在那里结了婚，成了家，自己动手盖房抹墙，自己动手养猪种菜，开始了独立生活，亦算丰衣足食。七十年代春夏之交，母亲坐火车去看望弟弟，在北安火车站转车。那时去逊克既不通火车也不通汽车，弟弟赶到北安，在办事处找了一台大解放牌汽车捎脚，让母亲坐在驾驶楼里等候。不多时，只见弟弟抱着一个十多斤的大西瓜，放在车座上。这个季节买西瓜，在当年可谓高档消费了。多少年过去，母亲曾不止一次对我说过：“你弟弟日子过得不宽绰。当年他结婚，没告诉家里，更没向家里要过一分钱！”话语中不无爱怜与歉疚。

“穷人的孩子早当家。”多少年过去，不论我身在何处，每当耳边响起京剧《红灯记》中这句唱词，我的眼泪便止不住夺眶而出。

2016 年 4 月 7 日于哈尔滨和兴路寓所

想　家

知道老屯之外还有更好玩的地方，是我十岁那年冬天。头场雪后，当少尉军官的家兄回家探亲期满，要把我这个顽童带走，让我见一见外面的世界。我无所谓乐意也无所谓不乐意，小伙伴们不常羡慕吗，穿皮鞋咔咔响，坐斗子车往后仰，我可以体验一回了。于是，坐上两匹马拉的斗子车，向江南哈尔滨进发。

在一个叫对青山的小火车站，我第一次见到火车。对这个庞然大物，我有几分骇然。进入车厢，很拥挤，我两手紧紧抓住座席中间的茶桌，怕火车开起来跌倒。过了好一阵子，我问火车咋还不开，家兄笑曰："都快到哈尔滨了。"

从哈尔滨车站换车北上，到达目的地铁山包已是夜幕降临。我们哥俩坐上一台人力车，驶出坑坑洼洼的站前。一路上，年长我十六岁的家兄，似对待远方来客，介绍东介绍西，如数家珍，很有几分得意。我无甚兴趣，只顾东张西望，让我惊奇的是，风卷雪花漫天飞舞，却吹不灭亮在屋檐下和路边电线杆上的一盏盏电灯。

兴奋几天之后，开始想家。是想衰老的爹娘、低矮破旧的碱土平房，还是想整天一起打闹嬉戏的小伙伴？我说不清。一日，我在家兄的家里待不住了，想出门玩一会儿，踩着咯吱咯吱的雪地正往前走，一位拄着拐杖的荣军（残疾军人）踏歌迎面而来："大轱辘车呀骨碌骨碌转哪，转哪转哪，转到了我的家……"我听呆了，蓦地想起老屯的花轱辘车和拉车的那匹枣红马。

从家兄家的后窗向外望去，呼兰河冻僵了，静静地卧在雪中，阳光照射进来刺得睁不开眼。远处呼兰河大铁桥上，火车来往不断，我趴在窗口数火车，货车、客车，一列、两列、三列……猜想哪一列是通往家乡的那一列。我萌生一个计划：自己动手用木板和铁线做一副爬犁，再用两根木棒做一副"桨"，桨的头上钉上尖尖的马掌钉，顺着冰封的大河撑回老屯。

想家日切。一个星期六的晚上，家兄下乡回来，领我去县俱乐部看电影《天仙配》。我从来没有看过电影，看到董永和七仙女欢欢喜喜双双回家，我长长地舒了一口气；听到"树上的鸟儿成双对，绿水青山笑开颜，从此再不受奴役的苦，夫妻双双把家还"时，我这个从不流泪的淘气包子，禁不住哭了。多少年过去，每每听到黄梅戏这个选段，无论身在何处，顿生些许酸楚，不由得想起家来。

2000 年 9 月 15 日

又闻鸟鸣

北方头场大雪过后，苏雀儿从贝加尔湖飞来了，成群结队，落在冬天的树林里，像落在一只只梅花鹿的犄角上。聆听苏雀儿悦耳清脆的鸣叫，心头不禁为之一震，久违了，鸟儿，我虽然不能破译你们用语言相互传递的信息，但却唤起我倍感歉疚的那段回忆。

上小学的时候，我的腰间常常挂着捕鸟的家什。晌午天热，把铁丝夹子、扣网放上小虫当诱饵，下在学校南边的水沟子边上，鸟儿来觅食饮水，一个中午，轻而易举便捕获三五只。上中学的时候，下乡支援农业，我们这帮学生代替牛马，肩上套上缰绳，拉着犁杖翻地，后面跟着一群群寻觅虫子的山雀。我们在地头下几片粘网，五颜六色的山雀尽被网粘住。小满鸟来全，什么红马料、黄豆瓣、三道门……这些鸟儿在网中不停地扑棱，抖落下一片片漂亮的羽毛。放寒假了，我们一帮小伙伴拎着自己扎的滚笼，跑出五里外的树林子里，把鸟笼挂在树上，然后从四方向这里赶鸟。待一只只苏雀儿纷纷落进滚笼，方兴高采烈地各回各家，将它们放进二层窗户格子中间，任凭它们反抗，叽叽、叽叽叫个不停。对家雀也不放过。雪后，在院子里扫出一块空地，支起一个筛子，下面撒上谷粒，支棍上拴上麻绳，在窗户纸上捅个小孔往外窥望。家雀进去吃食了，一拉支棍，将它们全扣在筛子里。那年月吃不到荤腥，这些家雀又肥又嫩，煞是好吃。

“大跃进”时代，麻雀被定为“四害”之一。学校也不上课了，发了几十杆红旗，人海战术，让学生们到郊外轰鸟。这边敲锣打鼓，那边呐喊摇旗，惊得鸟胆战心惊，累得鸟精疲力尽，无处躲藏，从树上一只只往下掉。到了晚上，让学生继续扩大战果，去捣鸟窝，来个斩尽杀绝。记得我们班一个同学，竖起梯子爬到屋檐下去掏鸟窝，不料从鸟窝里蹿出一条蛇来，一下子钻进这个同学的嘴里，卡在嗓子眼，出不来，进不去。老乡们赶来，烟呛火燎，又用烟袋油子熏，七弄八弄总算弄出来了。我和同桌本来胆小，都吓得半死，不敢再去掏鸟窝，只好变换一种战术：我打着手电在房檐下搜索，发现鸟蹲在窝边，赶紧让我的同学用弹弓打，因为命中率太低，鸟都被惊跑了。这下糟了，开班会时，班主任老师当着全班同学的面，点了我和我同桌的名。老师严厉批评道：我们班有两个同学，13 号和 14 号（我和同桌的学号），对除“四害”有抵触情绪，不但不动脑筋想办法去捉鸟，反而给鸟通风报信，把鸟一个个都放跑了！说得我和同桌羞愧难当，无地自容。

昨日如梦，又闻鸟鸣。叽叽，叽叽，叽叽哒，凭着多年打鸟的经验，笼养或窗格子里喂养的鸟儿，往往会发出不开心的叽叽声，这些精灵，只有回归大自然，它们才会有叽叽哒的愉悦歌唱。

面对人们的过失，不知鸟儿今日有什么话要说。它们一会儿如珠玑散落在田野的玉盘，一会儿又一起飞向明净的蓝天。

2000 年 1 月 27 日

方师兄的坎坷人生

在小兴安岭，由波兰援建的一座号称亚洲第一、世界第二的林产化工厂，学徒工皆是高中毕业生，中专毕业生只能当工人。这是四十多年前的事了，就是今日，恐怕也会令人瞠目。

省内四个大城市来的百余名学徒工中，人才济济。方琳和我们这些小青年同期进厂，年纪算是最大的，都称其为大师兄。他毕业于哈尔滨六中，二胡拉得特棒，一曲《二泉映月》，令多少师弟师妹泪雨倾盆。他诗写得好，时有诗歌在报刊上发表。全厂文艺会演，他改节目串联词时，其中有一句“继往开来”不押昂扬韵，便改作“开来继往”，既押韵又不以辞害义。他很会朗诵，颇富感染力，有点像中央电台播音员齐越。入厂不到半年，便被调到厂广播站当编辑兼播音员。

第一次播音，方琳有几分紧张，坐在麦克风前运足气力，“林化厂广播站”，这六个字几近呼喊，把自己吓了一跳。不一会儿，有人敲门来找电工，说一辆运砂石的马车，拴在道边一个电线杆子上，广播喇叭突然一声刺耳大叫，马吓毛了，将电线杆拽倒。大家说，这像张飞当年喝断当阳桥，话里充满褒奖之意。那时的方琳，十分了得，可谓同学少年，风华正茂，书生意气，挥斥方遒。他是我们这帮年轻人中的佼佼者。

“文革”时，因为方琳声音洪亮，一些大的场合都指定他领着喊口号。在一次全厂批斗大会上，他忙中出错，将“只许左派造反，不许右派翻天”喊反了，左派喊成右派，右派喊成左派。这下闯下大祸，被公安局带走，念其根红苗正，三代贫农，在拘留所里关了一阵子就放了回来。虽然凉水蘸窝头的日子过去了，方琳却判若两人，眉宇间皱成了一个“川”字，很少见到他拉二胡，他也很少写诗朗诵了。

到了谈婚论嫁的年龄，一对对青年人喜结良缘，唯方琳孑然一身。给他介绍对象，他几句话把人家打发了：没啥意思，麻烦事太多，又劈柈子又买米……处了几个女朋友，和这个也这么说，和那个也这么说，说得严肃认真，都说吹了。三十好几了，剜筐便是菜，娶了一个带小孩的农村妇女，他逢人便说，吾妻政治可靠，看书读报，只差自带饭票。带个小孩好，省事！不知他指的是小孩乖不闹，还是指不用生孩子了，或许二者兼而有之。

林化厂以山上木头为生产原料，厂里原木堆积如山。职工每日下班，都捡一捆枝丫或树皮，放在自行车后架上，带回家里当烧柴。妻子对方琳说了几次，下车间也顺手捎几块回来当引柴。方琳经不住絮叨。那日，去厂里采访，尺把长的小木头装了一书包。出大门时，门卫将其拦住道，你这是小偷小摸！方琳涨红了脸据理力争，我是在楞垛边捡的，捡柴怎么能算偷呢！他可能想起孔乙己说的“窃书不算偷”那句名言。门卫说，厂里有文件规定，今天从你这开始执行！不日，厂大门口贴出告示，给予方琳警告、罚款十元的处分。从此，方琳寡言少语，眉宇间的“川”字更深了，再也听不到他的琴声和诗朗诵了。那年我调出工厂，天各一方，各自走自己的路了。

改革开放后的一个春天，省里在黑河办一个文学创作班，我和大师兄方琳不期而遇，在一起叙旧，他似乎开朗了许多，脸上也有了笑容。去俄罗斯布市一日游的头天晚上，在江边举行篝火晚会，即兴表演节目，有唱有跳有朗诵。我提议方琳拉一支二胡独奏曲，他没有推辞，手持准备好的我所熟悉的那把二胡，坐定，一曲《二泉映月》响起。乐曲伴着静静奔流的江水，时起时伏，倾泻内心的孤独与苦闷，流露出对新的生活的向往之情。只有我知道，他在用心倾诉，倾诉他所走过的坎坷人生。

2005 年 4 月 21 日

吾家有女

七十年代，吾家有女肩挨肩，三个女儿一个比一个小一岁。我和妻收入微薄，每月工资加起来不过百元，孩子不可能全送幼儿园，无可奈何，我只好离开省城令人艳羡的新闻单位，携妻带女来到辽西走廊一个陌生的县城工作。在这座小城一干就是十五个年头，成为“天涯沦落人”，不知今夕是何年。

即使到了县城，拉扯三个般大般的孩子亦非易事，每天从早到晚忙得脚打后脑勺，吃不上饭是常事。怎么办？和妻商量来商量去，决计把只有三岁的二女儿送到千里之外的姥姥家。妻返回的那天晚上，二女儿有所察觉，警惕性极高，生怕大人离开，说什么也不肯睡觉，衣服穿得整整齐齐，枕“包”待旦。直到火车快进站了，才好歹将她哄睡。第二天女儿一睁开眼睛，发现妈妈不见了，大哭大闹不止，小姨忙将一个气球塞到她手里，方破涕为笑。姥姥说，用一个气球换一个妈妈。说罢，独自倚门叹息。

“爱子心无尽。”二女儿五岁那年，我去接她回家来上学，孩子东藏西躲，不愿跟我回来。好不容易带到火车站，任你如何哄骗就是不肯上车，在车门口哭喊着说：“我回去再看看姥姥，就看一眼……”

在辽西小城生活的日子里，单位为了照顾双职工，每天中午用汽锅为职工家属蒸饭。我们这个五口之家，每顿蒸一饭盒大米饭或高粱米饭，一饭盒土豆炖白菜之类，清汤寡水。家家户户皆如此，几乎无甚差别。

开饭了，三个小囡围着饭桌坐好，效仿小学生的样子，双手背到身后，规规矩矩等候大人上桌。那时油水太少，又没有什么副食，孩子们有时吃得饭盒见底还未吃饱。看见孩子们吃得香甜无比，我和妻便放下筷子，这时，大女儿往往用脚在桌下踢两个妹妹，示意不要吃了，给爸妈留一点。

在我工作单位的大门口，是个小市场，职工下班之时，分外热闹。特别是卖冰棍的吆喝声，像磁石一样吸引大小孩子们驻足不前。见到别人家的孩子吃冰棍，尽管只有五分钱，妻还是舍不得买，又怕同事给买，忙领着几个孩子快步走开。每当此时，大女儿就对妈妈说，给她俩买一根吧，我不吃！

大女儿上小学了，每天自己背着书包上下学，从不要大人接送。一日大雨如注，电闪雷鸣，我撑着伞赶往学校。路上遇见女儿迎面走来，但见她淋得像只落汤鸡，在泥泞中吃力跋涉，塑料凉鞋几次陷进泥水里，拔不出脚来。

这是二十年前的事。如今，三个女儿都走上了工作岗位，相对而言，都还有独立生活能力。许多老朋友见面问之曰，那么艰难的岁月，何以将三个女儿带大？我不知如何答对。六十年代初有一台话剧，名叫《祝你健康》，剧中的丁爷爷对教育子女有一个主张：将孩子送到乡下放几年猪。回头想来，这位老爷爷的教子观或许不无道理。

2001 年 10 月 19 日

听　　书

县城唯一的茶馆曾磁石般地吸引我，不是因为茶的缘故。

我那年刚上初中，既不知道茶是什么滋味，更不懂得喝茶的好处。我总往茶馆跑，是因为里面有唱西河大鼓书的。那位弹三弦的是位盲人，敲鼓唱词的是位穿旗袍梳着两条大辫子的年轻女子。茶馆不大，听书人坐得满满当当，大约说唱不到半堂课的光景，到了紧关节要之处，那女子一拍惊堂木道："欲知后事如何，且听下回分解。"只见一个肩搭毛巾的伙计，走过来往听书人的茶杯里续水，另一个伙计端着一个木方盘，在狭窄的过道间收钱，嘴里不住地说："捧场，诸位！"一小段每人收三分钱，有给五分钱或一角钱的，伙计连声道谢，再多给一点的，说书女子在台上拱手致意。

我去听书，大多在星期天或放学之后，不但进不了门槛，连茶馆的门也靠不上，只能站在茶馆的板障子外边蹭听，从窗口外往里面看说书人。唱词听不太清，故事情节只能猜个大概，大半靠自己联想。即或这样也总提心吊胆，怕屋里出来人撵，一屋人往外一看，众目睽睽，颇觉丢人。叹只叹囊中羞涩，锱子儿皆无，就是有个角八分钱，也想买两个热气腾腾的大馒头，填饱肚子，怎舍得花钱听书！看听书人堂而皇之坐在那里，喝着茶水，不时喝彩，我羡慕极了。

时断时续听了几本书，虽然不知道书名是啥，但书中的人物却记得牢牢实实。什么天下前八位好汉依次是李元霸、宇文成都、雄阔海、罗成、秦琼……什么“万丈翻坡逆水行舟”欧阳七化、“独角熏眉钢胆震乾坤”古明古盖天……书中精彩的章节，我时常绘声绘色讲给家人和同学听，颇为得意。

有一次上语文课，老师提问我用“琅琅”造句，我从座位走到讲台前，不假思索脱口而出：“金乌西下，玉兔东升，学校一片琅琅读书声。”老师听罢，喜上眉梢，夸我知识面宽，书看得多，不久便任命我为语文课代表。

学校放暑假了，我回到家乡榆林镇。镇上时有江湖艺人来说书，我自然不放过每一个机会。书场大都设在镇东头的一个旅店里，听书的人不多，有几位老书迷逢场必到，一个晚上一块多钱，由这老几位包场了，每人分摊三五角钱。这样我得以混迹其中，但不敢坐在大面上，只能躲在油灯照不着的角落里。来这里说书的都说评书，不带鼓弦，不唱词，比城里那个女子说得生动好听，活灵活现，故事进展也快，听得十分过瘾。

有一部书听到半道，我突然病倒，躺在炕上起不来，可天天惦记书中人物的命运。病未痊愈，我抱着一个没舍得吃的西瓜去找说书人。不巧，说书人打包刚走，我立马赶到候车的大车店，切开西瓜很有礼貌地递了上去，颇有一点送行的意味。在大车店这盘大炕上，一个说书的老者和一个可谓书迷的孩童，促膝交谈起来。老艺人将书的结局一一告诉我，就像对着众人说书一般。我，一个未谙世事的毛孩子，多想挽留老艺人再待几日，新开一个段子，话到嘴边，终未敢说出来。

2002 年 6 月 30 日

生　日

清晨的阳光直射在卧室的山墙上，日历提示，今天是我的生日。尽管记忆力与时俱退，但这个日子终未能忘，这也要归功于母亲，母亲在世时，这个日子不知在我耳边念叨了多少回。

按照多年的惯例，妻子煮了十来个红皮鸡蛋，在饭桌上滚来滚去，说是为我滚运；又下了一碗面条端了上来，无疑，这是缠腿面或曰长寿面，只是没有说出口。

今年的生日赶上双休日，如何过呢？尽管去一个饭店聚一聚无可厚非，但我这个人不喜张扬，凡事如毛毛细雨落地，静悄悄润无声为好。我和妻子一商量，决计回故乡榆林镇走走，我是如此殷切地思念生我养我的土地，思念我的老邻旧居。

汽车沿着平坦的哈黑公路向北行驶，心里默诵我一首活泼的小诗：重返榆林镇，心要蹦出怀，十年后啊我又来，小树已成材。放眼望去，绿的山岭，绿的树木，绿的原野，绿的空气，湿漉漉的青草味扑进车窗，吸一口令人心醉。我告诉妻子，脚下这条路原是“水泥”路，晴天是土，下雨是泥。从故乡到省城六十公里，当年，坐斗子车再换乘火车得折腾一天，步行要走两整天，而现在只需四十五分钟。

进了故乡地界，异常兴奋，我仿佛又回到童年，一切是那么熟稔。一条大河在身边静静流过，泛着清波，哼唱着一首永远的老歌。掬一捧河水，清冽甘甜，啊，呼兰河——我的母亲河！蓦然，我想起在大河里赤条条洗澡、摸鱼，在两岸的草丛里翻筋斗、抓蝈蝈，在柳条通里与鸟儿嬉戏，在河套沙土地上的瓜园与小伙伴烧苞米、摘香瓜……

怀着敬仰，怀着感激，我踏进母校的大门。这座1936年建校的乡村学堂，历经半个多世纪的风雨，几座破旧危房，已被一幢崭新的四层楼房所取代。孩子们都放暑假了，我独自走进宽敞的教室里，小心翼翼地坐在课桌前，寻觅自己儿时的影子，轻轻走上讲台，在黑板上写上四个大字：母校，你好！然后写下“一个人，两只手，工人做工，农民种地……”此时，我似一个顽童，高兴得手之舞之，足之蹈之。不知何故，双脚情不自禁地走进楼上的图书室，这不仅仅因为我为这个学校捐赠的几百册图书在此陈列，真正吸引我的是一个个在书架前跷脚够书的孩子的背影，和如饥似渴吮吸知识雨露的一双双眼睛。

生日晚宴是在省城家中举行的，没有蛋糕，没有蜡烛，没有邀请亲朋好友，甚至近在咫尺的亦不例外。几个小菜，一杯红酒，妻子和女儿每人一句祝词，为生日增添了几分喜庆色彩。面对滚滚红尘，以这样的心境、这样的方式过一个平淡的生日，倒觉惬意舒心。

饭后，我同往常一样，沏上一杯淡茶，放飞思绪，信马由缰。人生确如品茗，有芳馥，亦有苦涩，我慢饮细啜，品味年逾天命的这个生日，品味岁岁不同的漫漫人生。

2002 年 7 月 25 日

怀念“小人书”

大约从小学二年级始，我对“小人书”（连环画本）就爱不释手，进而到了痴迷的程度。

那时家境艰难，学费尚且交不起，哪有钱去买“小人书”？只能从小伙伴那里借着看。借阅时间极受限制，便不计后果在课堂上偷偷摸摸看，或者晚上支起手电筒在被窝里看，屡受老师、家长的惩罚，屡不悔改。

暑假期间，家兄从部队回来探亲，见我光着膀子，便领我去镇上的贸易局买上衣，我只要了一件背心，恳求家兄，将剩余的钱买了几本“小人书”。同学们得知，纷纷跟将上来，呼啦一下子把我围住。我招呼大伙靠有阴凉的墙根儿坐下，两只小手在裤腿上蹭了几下，一页页看下去。天气闷热，围坐在一起又不透风，个个汗流浃背。我一目几行，看得飞快，有同伴跟不上趟，让我慢点翻页，我才不听呢，越看越快，颇为练就的速读而自豪不已。看罢，有书的伙伴按“惯例”和我换书，没有书的愿出一只蝈蝈作为“租金”，我欣然受之，得意之情溢于言表。

到了上高小的时候，我已经有几十本“小人书”了，一个小木箱子装得满满当当，前来借书的小朋友走马灯一般。这些书里，有《三国演义》中的《桃园三结义》《煮酒论英雄》《安居平五路》，有电影《鸡毛信》《流浪者》。最值得炫耀的是一套《山乡巨变》，我第一次留心记住了写这部书的作家名叫周立波，画家叫贺有直，原因是这书中的人物画得挺逗，个个穿得都不利落，男女老少尽是大裤衩，人物神态画得惟妙惟肖。几十年后，当年的小伙伴聚在一起谈论这套“小人书”，无不击节叫绝：“高，实在是高!”是这些“小人书”，让一个个穷乡僻壤的孩童知道了外面的世界；是这些“小人书”，如启蒙老师，引领我一步步走进文学的殿堂。

公私合营那年，我家开的小杂货铺濒临倒闭，父母每日愁眉苦脸商量生计。忽一日，读过私塾的父亲动议开个小书店，出租“小人书”。我闻听此言，心中大喜，这下天天有书看了，再也不用东奔西跑去借书。此后的日子，我心里盘算书架子如何摆放，各类“小人书”怎么陈列，天天盼书店开张。盼来盼去，最后盼来的是竹篮子打水——一场空，书店终未开成。年纪稍大一点方知，就是开这样一个小书店，百十元的本钱，父母也筹措不起来。

小学毕业之后，我离开家乡去外地念书，读中学，上大学，直至走上工作岗位。“小人书”很少看到了，看到的尽是现今的孩子喜欢的动画、卡通。“小人书”的年代似乎过去了，可是我却心存感激，常常莫名地怀想起少年时代在故乡小镇看过的那些“小人书”。

2002 年 10 月 6 日

青春做伴好还乡

记忆荒落，十遗其九，唯数九寒天回故乡终不能忘。

二十世纪的“大跃进”年代，我离开出生地兰西县榆林镇，“三年困难时期”重返故乡。那时，父亲已经过世，生活无着落，家境到了“最危险的时候”，母亲只好让我去催讨老家两间碱土平房的房租。这是一份美差，我巴不得两翅生风脚生云，早点儿回老家看看。我是如此殷切地思念那个小镇，是思念世代居住的老屋、门前栽种的白杨，还是思念一方水土的乡音、林间苏雀的鸣唱，我说不清。三年来，我常常梦中醒来，泪水止不住簌簌流淌。

从庆安登上火车，到哈尔滨转车到对青山，还要步行四十五里旱路。这对一个十五岁的少年来说，无疑是长途跋涉了。

匆匆岁将暮，迢迢道路长。时值腊月，滴水成冰，天地间一片银白。地上没有路，我沿着车辙印，以村屯为路标，向心中的目的地进发。肩负带给老邻居的十来斤大米（这是全家人两个月的细粮）和母亲的殷殷希望，一步一个脚窝，艰难向前行进。刚过一个屯子，汗水就湿透了棉袄棉裤，周身析出一层霜花；又过一个屯子，鞋底像挂了马掌一样，隆起疙疙瘩瘩硬邦邦的雪榔头，一步三滑，跟头一个接一个。我席地而坐，用一根木棒将雪疙瘩敲碎，起身继续赶路。眼看天要黑了，还没走上一半的路程，在这荒郊野外，前不着村，后不靠店，要是遇上狼群怎么办，心里一阵阵发毛。

忽然传来一阵马达声，回头一看，一辆满载货物的大汽车驶来，我赶忙给汽车让路。意想不到的是，汽车停在我的身边，驾驶楼里坐着三个人，司机从车窗探出头来，问我去哪儿，然后挥手让我上车，嘱咐我把住车护栏。爬上汽车，我双手紧紧抓住车栏杆，心里激动不已。寒风在耳边呼呼作响，身上的汗透心般凉，但我没觉得冷，心里却火炭般温暖，只是双脚冻得像猫咬一样疼。大约半堂课的工夫，汽车停下来，司机笑眯眯地回头对我说："小朋友，看看是不是到你家了?"怎么这么快，我简直不敢相信自己的眼睛。还未来得及道一声谢，汽车开走了，车后卷起一团团雪烟儿。

临近年关，我才从老家回到庆安，回到母亲的身边。儿行千里母担忧，一个半大孩子出远门，令她天天牵肠挂肚，以致落下失眠的病根。我没有向母亲说一句故乡之行的艰难困苦，而是一遍又一遍描绘在通往故乡的路上，一个青春少年如何奇迹般地遇上一辆汽车，一位好心司机，以及我第一次坐汽车的新奇和喜悦。

2002 年 12 月 23 日

大　局

一位老僧求见鹤城市委一把手余书记，办公室几次挡驾，余书记听说了，约见了这位出家人。老僧告诉余书记，城南大乘寺不翼而飞的几十尊佛像，如果政府承诺把现在占用的这个寺院腾出来，佛归原处，他可以告之下落。余书记当即拍了胸脯，以党性担保，只要能把佛请回来，定归还大乘寺。

原来这几十尊佛像，“文革”刚开始，老方丈带着众弟子，一夜间将佛像埋藏在寺院的地下，之后各奔他乡。按照这位僧人的指点，市里派人将佛像小心翼翼地从土里请了出来，几十尊汉白玉大佛毫发无损，搭上席篷，对佛像逐一进行清洗。大佛归位，寺院重新开放，每日里香火不断。

省城极乐寺对外开放，得知鹤城出土的汉白玉佛像十分了得，欲将大乘寺众佛调往极乐寺。宗教局卜局长手持盖有省政府印鉴的公函，亲自前往鹤城调佛。卜局长心里有底，市委书记是他的老战友，这事一说便妥。

余书记知道卜局长来意，让市里对口接待，婉拒调佛。卜局长一看这阵势，非书记拍板不可，于是，找上门来。余书记见到老战友，十分热情，设晚宴招待。饭桌上，余书记封门道，今晚咱俩只叙旧，不谈佛事。卜局长急不可耐，讲了一番小局服从大局的道理。余书记正色道，老伙计，这个事没有商量余地。人事可以调转，佛事不能调动。卜局长还抱一线希望，软磨硬泡，一心想将佛调到省城。余书记说，这样吧，我们把这个事提交人代会，如果代表们同意，那就调。卜局长知道人代会代表不会同意，便退一步说，我回去不好向省领导交代啊！余书记说，你回去就照我的话讲，老余说了，他是党员，组织调到哪都行，服从分配；佛是善男信女捐款塑的，调动关乎社会和谐，关乎民心；此地是佛的家，佛也未必愿意离开故土啊！

卜局长回到省里，向省领导如实汇报。主管省长说，这个市委书记老余有水平。他说得对，什么是大局？和谐、民心才是大局。

几年后，余书记办理完退休手续，特意去城南看看大乘寺。那日，正赶上寺院维修，大门紧闭，余书记在门口转来转去，从门缝向里张望，被一个小和尚发现了上前制止。同来的司机友善地问小和尚，你知道他是谁吗？小和尚摇摇头。司机道，小师父，这个人就是请佛不送佛的那个余书记。小和尚闻听此言，赶忙回转身，一边开门一边说，我这就去禀报方丈，两眼放出异样的光彩。

2004 年 6 月 3 日

简　化

鹤城的高速公路开通了，从市里到省城只要三个多小时的车程。以往去趟省城，跋山涉水如同长征，赶上阴天下雨就更惨了，汽车等天晴路干才能上路。天堑变通途，边境城市老百姓多年的期盼终于实现了。

不知从何时起，乘车出城、进城的人开始抱怨。平坦的柏油路却有一段不平坦的沙石路，坑洼不平不说，还有大拽，每当车过这里，人从座位上颠起老高。从外地常来鹤城的人说，只要车一颠簸，不用问，进市里了。

这段土路在城乡接合部，不足百米长。市里听到群众反映后，责成市交通局、城建局尽快研究解决。交通局说，我们只管城外的路，那段路在城里，应由城建局负责；城建局却说，我们负责城里的路，那段路在城外，归交通局管。双方推来推去，从春到秋，推到花开花落又一年。

新任市委书记老余上任伊始，要抓几件群众反映大、亟待解决的问题，这段土路纳入了他的视野。班子里有人说，您是一把手，抓大事的，这点小事您甭管了。余书记说，老百姓的事大如天，哪有小事！于是，他让秘书打电话，把交通、城建两位局长请来，共同商量解决办法。两位局头也不含糊，各率一个庞大的队伍，各拿着施工规划、报告、图纸，呈给余书记看。接着，双方唇枪舌剑开始辩论，各执一词。协商无果，不欢而散。

第二天一上班，余书记亲自给两位局长打电话，通知双方，我不带秘书，你们也不要带工作人员，今天下午两点钟，咱们三个人去城乡接合部现场办公，开个现场会。

两位局长按时到场，握了一下手，笑了笑便又开始陈词。余书记不言不语，在这条土路上从南到北来回走了两趟，低头沉思了一会儿，然后用步丈量到中间，抬起右脚画了一条横线。两位局长不知道书记葫芦里卖的什么药，面面相觑。余书记对两位局长说，这样吧，横线以北归城建局，横线以南归交通局。三天交工，怎么样？两位局长相视而笑，齐声说，这个办法好，早这么办早解决啦！

三天后，城乡接合部的土路变成了柏油路，黝黑油亮，路面看不出一点接头，平展得像镜子一般。验收那天，余书记约各职能局领导来参观，他对在场的领导说，汉字可以简化，删繁就简，我们当领导的，对看似复杂的问题，只要认真搞好调查研究，处理起来有时也可以简化。

2004 年 7 月 2 日

遥远的歌声

在和风细雨中，我回到位于松花江北的故乡小镇。

迫不及待地迈进母校的大门，伫立在熟稔的教室的窗台下，聆听孩子们童声童气的歌唱，我蓦然想起五十年代老师教唱的歌曲。那遥远的歌声像风像雨飘入我的记忆，令我的心灵一片濡湿。

从有记忆的时候起，我学会的第一支歌是《义勇军进行曲》。上学后的每天早晨，校长、老师和全校的同学们在操场列队肃立，高唱“起来，不愿做奴隶的人们/把我们的血肉/筑成我们新的长城……”歌声那般激越，响彻整个校园。没有一个人嬉戏打闹，就连平时调皮捣蛋的淘小子，也目视前方，一脸严肃。大家都知道，这是神圣的国歌。

似乎是上小学二年级那年，老师教我们唱一支很好听的歌。“冈底斯山山上红旗迎风飘扬/西南的各族人民喜洋洋/自从来了解放军和共产党/各族的人民翻身得解放。”我不懂得内容是什么意思，只知道一遍遍跟着哼唱，学会后，跑回家去唱给大人们听。父亲告诉我说，咱们中国的大西南解放了，这是歌颂共产党和人民解放军的歌。再稍大一点，我学会一支缠绵悱恻的新歌。“妈妈放宽心/妈妈别担忧/光荣服兵役/不过三五秋/门前种棵小桃树/转眼过墙头/桃树结了桃/回来把桃收。”我心想，服兵役就是去当兵，那有多好！一身绿军装，威武又漂亮，一个堂堂男子汉，骑马挎枪走天下，回家收几筐桃子多没出息！我一遍遍问母亲，儿子去当兵妈妈有啥担忧？母亲笑道，当兵是精忠报国，儿行千里母担忧，你们小孩子家还不懂。

最有意思的，莫过于一支宣传婚姻法的标语口号式的歌，让我们这帮小孩子一唱，颇有几分滑稽可笑。“……女十八来男二十/成年结婚正相应/到政府亲自登记才给你结婚证呀/拥护婚姻法。”直到上了高中，学习了《毛泽东同志在延安文艺座谈会上的讲话》才对上号：这是文艺为政治、为工农兵服务的作品。

歌声从岁月深处来，又向记忆深处去，平白的歌词，暖暖的情思，让我感慨不已，两眼竟涌出几滴热泪。

那时候的歌，大多难免有那个时代的印记。然而，我是唱着这些歌长大的，这是故乡给我的一笔恩赐。半个世纪过去了，不管走到哪里，身在何处，只要想起那熟悉的曲调，纵然云雾迷蒙，也能认出回家的路。

在我要离开故乡之时，又是和风细雨，想是一种牵挂。当年的歌声总萦绕在心头，不断延伸开去。想说什么呢？感谢自己的故乡吧，朋友！如果你也有故乡，你的心是不是依然还在乡土？

2003 年 11 月 2 日

记忆苦涩亦芬芳

青少年时代的记忆最为隽永。十八岁那年，我这个山里人，同来自哈尔滨、牡丹江、佳木斯等大城市的同一届高中毕业生，一起涌进由波兰援建的号称“亚洲第一，世界第二”的铁力木材干馏厂当学徒工。聊以自慰的是，南京林校应届毕业的中专生全当了工人，咱还有啥话可说，偷着乐吧！

工厂坐落在小兴安岭脚下。大规模基本建设正热火朝天进行，大片大片的针阔叶混交天然林被砍光后，再夷平山岗，挖地百米，说是挖到同波兰海拔高度一致方可建厂房。

砍树林子挖土方，不关这帮小青年的事，我们最关心的莫过于如何填饱肚子。每天九两苞米楂子粥或高粱米饭，土豆白菜萝卜条，无油无肉无葱花，日子实在难熬。

我们百十人住在一个旧房改造的大俱乐部里，刚进厂那几天，尚有点新鲜感，每天傍晚依稀可闻吹拉弹唱声。渐渐地，个个饿得东倒西歪，都懒得动了，偌大的俱乐部里一片死寂。我对面床的工友家住哈市道里区，一米八的个头，长得人高马大，饿得实在撑不住了，就用从家里带来的固体酱油块冲水喝，令周围的人羡慕不已。

一日在工地挑砖，连饿带累，坐下歇憩就不想再起来了。大伙东拉西扯，云山雾罩侃起大山。有人说，他亲眼看见一群野鸡飞进大食堂去觅食，人轰都轰不跑；还有人说，他的一个老乡在波兰专家楼当门卫，看见一只黑熊钻进小食堂，把红烧肉、清蒸鸡造个溜光，大模大样扬长而去，把外国专家的眼珠子都吓直了。说来说去，全然离不开吃的主题。快收工了，冲酱油块的大个子说，别看我饿得浑身散了架子，猛猛劲儿一次能挑起六十块红砖。众人不信。大个子又说，如果挑不起来，我请你们下饭馆；如果挑得起来，你们请我吃一顿馒头就行。此时别说挑六十块砖三百斤的分量，三十块砖一百五十斤也够呛，大伙纷纷劝他别逞能了。大个子呼一下从地上站起来，在两个砖托上各码三十块砖。就在他骑马蹲裆起身的一刹那，扁担“咔”的一声断为两截。最终，双方握手言和，凑点钱买了一水桶馒头，风扫残云般吃个精光。

大个子不仅有力气，且足智多谋有招法。当他知道公费医疗不花钱，便从医院开中成药蜜丸充饥。这不啻是哥伦布发现新大陆，大家纷纷效仿，味道果然好极了，什么大山楂丸、健脾丸、附子理中丸，直到把药局积压的中成药丸吃得差不多了，开药的势头才被领导遏制。

生活，确是一种锻炼人的东西。我就是在这个时候，神差鬼使般开始写诗作文的。每天晚上，在昏黄的灯光下写上一段，进入境界后，饥饿也暂时忘却了。第一场大雪飘飞之时，我的第一首小诗见诸报端。当我怀揣报纸走在积雪的路上，脚步轻盈，情不自禁吟诵起“一夜北风寒，万里彤云厚，长空雪乱飘，改尽江山旧”的诗句。

我用四元钱的稿费，买了一只烧鸡，和不能回家过年的几位师兄弟饱餐了一顿。那香喷喷的味道至今留在唇齿间，留在记忆中，那是世界上无与伦比的美味佳肴。

2002 年 12 月 7 日

小镇上的大庙

走遍南北西东，看过不少道观古刹，最令我难忘的，却是名不见经传的一个北方小镇上的大庙。

这座大庙，位于松花江北岸的兰西县榆林镇。听老辈人说，光绪年间，一位云游道士相中这块风水宝地，四处化缘募捐，在小镇尽东头的公路边上，修建了一座颇为壮观的庙宇——关岳庙。方方正正的四合大院，青砖铺地。正殿、偏殿、耳房排列有序，错落有致。院墙上绘制的那一幅幅彩画，至今还有人记起。

大庙肃穆庄严，终日香火缭绕。孩提时，我不敢一个人去庙头玩耍，常约几个小伙伴一起同往。跷脚从正殿的窗棂向里张望，关羽、岳飞的神像威武凛然，一身正气，黑脸周仓手持青龙偃月刀站在关公身旁，那一尊尊栩栩如生的塑像，让我敬畏不已。偏殿里的阎王小鬼、牛头马面泥像，个个青面獠牙，吓得我直打冷战，到了晚上，不要说不敢走进大庙，就连庙后的那片树林子和埋有道士的那片菜园子，也让我望而却步。

“大跃进”年代，到处热火朝天，唯这里冷冷清清。整个四合院，成了生产队的粮囤子。不论正殿偏殿，还是房顶屋檐，都晾满苞米棒子、高粱头。这时我上了中学，十分景仰精忠报国的岳飞、侠肝义胆的关云长。不知何故，香火不再缭绕，大庙一团死气沉沉。

“三年困难时期”，香火又旺，附近村屯的人竞相来这里讨药，男女老少都有。他们跪在冰冷的青砖地面上，双手捧着瓷碗，虔诚地举过头顶，乞求一天或者几天，碗里终于有了一点儿药样的细面面，这才无限欣喜地回家去。喝了之后，自觉灵验，便一传十、十传百，来此求药的人山人海。其时我已经上了高中，曾偷偷地问过前屯的一个求药的同学，药从何来？这个同学神秘兮兮地对我说，他和母亲从早到晚跪了一天，每人手里举着一只碗，碗里的药面都一样——全是风刮进的土面子。接着不无自嘲道：“这就叫心诚则灵啊！”

饶有意味的是，这个只有几百户人家的江北小镇，东边有这座大庙，西边还有座天主教堂，东西相望，遥相呼应，究竟哪个建在前，哪个建在后，已无从考证，这辈人亦无人能说清。能够说得清的是，大庙、天主教堂都毁在“文化大革命”中，大凡说起无不痛惜。

前几年，县委、县政府发函，征集在哈尔滨的兰西籍人对家乡建设的计策，不少仁人志士发出同一声音：兰西地处哈黑公路的咽喉要道，集资重修榆林大庙，再现当年风采，成为旅游热点，亦未可知。

2000 年 4 月 15 日

奶香飘出的记忆

早晨，小外孙醒来的第一句话是：“姥爷，我要喝‘春’牛奶！”这小子把纯牛奶唤作“春”牛奶，听来颇好笑，可他只有三周岁呀！飘香的牛奶端上餐桌，小外孙效仿大人喝酒的样子，和我碰杯，这一老一小举杯之时，我的心灵有几分濡湿，禁不住思绪飘然。

二十世纪五十年代，我离开父母，从兰西县的一个小镇转学到铁力县城读书，住在大哥的家里。那年我十二岁，面对一个新的世界，一片茫然。我从未见过这高耸的楼房，飞奔的汽车，更未见过明亮的电灯，丁零零的电话，就连百货商店橱窗里陈列的物品，亦让我感到分外新奇。

大哥家第一个孩子出生了，母乳不够吃，大哥从副食商店买回一盒甜炼乳，我竟不知道这铁盒里装的何物。待将铁盒打开，大嫂用开水冲上几勺这糨糊状的东西，方知这是牛奶。一个偶然的机会，我尝了一小口，咂咂嘴，又香又甜，多么想喝一点点，但又不敢说，这是给婴儿吃的呀！从此，我期盼能再品尝一次，可惜，这样的奇迹终没能发生。

七十年代，我的女儿出生后，妻子奶水不足，托人四下里买奶粉，连八竿子打不着的远亲都托到了。我们夫妻俩每月工资加起来六十几元，买奶粉要用去一半的花销，花了钱，还要对人家点头哈腰千恩万谢。每当手抚奶粉包装袋上印制的草原、奶牛，想着嗷嗷待哺的女儿有了食粮，心里顿开一簇簇花朵。我渴望能去令人艳羡的商店当个营业员，最好在副食部卖奶粉。女儿还没学会走路，奶粉供不起了，开始喂粥喂饭。有时孩子等不及，便上桌子抢饭吃。看见妻子怀里的女儿不停地往嘴里塞玉米面窝头，大口大口吞咽，我怕抑不住鼻子阵阵发酸，两眼噙满泪水。

后来，我的工作调到一个小城，不再托人买奶粉了。每天早晨，拎上一个瓶子，骑着自行车去打散装牛奶。来回往返十来里路程倒不在话下，问题是有时牛奶挤得少，供不应求，百米长队，等排到跟前就没奶可打了，往往无功而返。想来想去，想出一个办法：串联几家邻居，轮流值班，每人一周，天不亮就去排队，把几家要打的奶一起打回来。不料，此举引起后面站排人的抗议，无奈，奶站出台了一项新规定，每人一斤，不准代打。于是乎，我们这个只合作了几天的“互助组”宣告解散。

岁月如歌，刻意要记住的，大抵已经忘却，不经意甚至不愿去想的，却清晰如昨。淡淡的奶香，飘出半个世纪枝枝蔓蔓的记忆。

2003 年 6 月 21 日

过　年

过年过得最有年味的，莫过于二十世纪的五十年代。

那时我十来岁。吃了几年“劳金”的父亲，在母亲的一再劝说下，另起炉灶，在小镇自家开了一个小杂货铺。一进腊月门，生意清淡的店铺一下子红火起来，十里八村的庄稼人，潮水般涌进镇上办置年货。家里人手少忙不过来，我也跟着站拦柜，个子矮不够高，就在拦柜里面放个小板凳。

不管钱多钱少，年货必办置这几样：灶王爷、天地牌、挂钱儿、大红纸、黄表纸和蜡烛。日子过得宽绰一点的买几挂鞭炮，外带一束双响子（二踢脚），家境不好的买挂小洋鞭，应付应付小孩子了事。

腊月二十三，灶王爷上西天。这天晚上，父亲在灶间用大块糖粘上灶王爷的嘴，恭请灶王爷少说为佳，上天言好事，下界降吉祥。二十四贴对子，我研墨，父亲挥笔写对联。门对上联是“向阳门第春常在”，下联是“积善人家庆有余”；屋里屋外贴的是“抬头见喜”“出门见喜”，院里猪圈鸡架上贴的是“肥猪满圈”“金鸡满架”之类。二十五扫尘土，当晚点上罩子灯，一家老小用一种印制的大花纸糊棚，满屋顿觉亮堂起来。接下来的几天，就是忙活蒸馒头、黏豆包或用黄米面掺大芸豆蒸花脸虎，用笸箩冻起来，吃一个正月。

最庄严肃穆的是大年三十这一天。夕阳西下，大街上车马行人顿稀，鞭炮声时起时伏，冷得发辣的空气里弥漫着浓重的火药味。我家关上店铺，窗子上好闸板，开始过年。

夜幕降临，我穿上母亲缝制的一件新衣服，和邻居家的小伙伴聚在一起，每人拎个小灯笼，里面点根“磕头了”（小蜡烛），欢呼奔跑在大街小巷，好一顿兜风。回到家里，大人一遍遍嘱咐，过年遍地都是神，要说吉利话，犯忌的话不能说，明天太阳出来之前不能扫地。我也不知道何为犯忌的话，害怕惊扰众神仙，说话做事小心翼翼，一副很虔诚的样子。

和平时一样的是，我和父亲仍住在店铺里，家里窄小住不开。按照山东老家的习俗，黎明吃年夜饺子，多少年如此。睡梦里依稀听见敲门声，“掌柜的，买东西!”仔细一听是家兄的声音。后来得知，年夜呼唤人的名字犯忌，说买东西是预示一年生意兴隆。

大年初一家家互相串门儿，年轻的给年长的拜年。我惊异地发现，凡是磕头拜年的人都能得到赏钱，就是最穷困的长辈，也不白白接受晚辈的跪拜。我曾有效仿的念头，不知为什么，终未能这样去做。

我每到一家，见到的几乎全是打扑克，赌钱的不多，大都是赢烟的。炕头上放张饭桌，打牌的人盘腿而坐，各自身边码放着一摞烟卷，打法三打一，一二三根的。烟盒花花绿绿，我收集在一起叠着玩，有两角钱左右一盒的红塔牌、葡萄牌的，还有一角多钱一盒的握手烟、大绿树牌的。而孩子们打扑克的赌资就更微薄了，赢火柴棍的，一天下来，输赢不过一盒火柴。正月十五闹元宵，怀着对年的惜别之情，扭秧歌、踩高跷的又掀起一个新的高潮。

二月二龙抬头。吃猪头啃猪蹄的人家毕竟屈指可数，而理发馆里生意兴隆，排队理发，人们借这个节令祈盼着出头之日。春风来了，吹化了屋顶的积雪，也吹落了乡下人过年的帷幕。

2001 年 2 月 18 日

报　答

进城多年，常常忆念孩提时代只有一墙之隔的老邻居——宋大夫一家人。

报答，是人的一种良知。参加乡下人婚礼忽闻县里传信来，宋大夫患了脑血栓，八十岁的老父亲也去世了，我的心情不由沉重起来。接连给宋大夫家挂几次电话，无人接听，终于挂通了，宋大夫居然说不认识我，随即挂断电话，令我大惑不解。

赶在双休日，我驱车前往庆安县城，专程去探望宋大夫。先找到县上捎信那位朋友，打听到宋大夫的家庭住址，此公自告奋勇陪我一同前往。我拎着几百元的药品、滋补品上楼去，这位朋友在车内等候。

三十年过去，故人相见，那激动人心的情景，无论电影或是电视剧怎样演绎表演，与之相比皆黯然失色。宋大夫已远非当年的宋大夫了，挺拔英俊的影子全然皆无，他睁大混浊的双眼，辨认良久，终于叫出了我的名字，含混不清的发音，怕只有我本人才能听得出来。家人说，他一阵明白一阵糊涂，过去的事大抵忘却；来看他的人不少，这对他是最好的安慰，甚至比吃药还灵验。临别，我答应一定常来看看，宋大夫的脸上露出孩子般的笑容。

回到等得不耐烦的朋友面前，两个小时已经悄然过去，朋友说这哪里是探望，分明是省亲，真是不可思议。待我平静下来，向他讲述了三十年前的一段往事。

1960 年我上高中，在镇医院工作的宋大夫成为我家的邻居。这位年轻大夫文质彬彬，待人和善，一说话一笑，我们哥几个都亲昵地称他为宋大哥。宋大哥老家在乡下，一大家人，只宋大爷一个劳力，生活也不富裕。其时正是“三年困难时期”，而我家父亲病故，母亲没有工作，全家五口人，仅靠长兄每月寄来的二十元钱维持生活。两家可谓同病相怜。

一日深夜，我突然病了，上吐下泻，发烧烧得浑身直筛糠。家境这般贫寒，既无药也无钱，用宋丹丹小品中的一句话说，家里穷得管啥没有，母亲急得在屋里直打转转。宋大哥似乎听到什么动静，怀揣听诊器赶了过来，在我肚子上又是听又是敲，诊断为急性胃肠炎，然后回去取来几片药让我服下，安慰母亲说：“大娘，不要紧，吃几片磺胺噻唑就好了。”我和母亲不知如何感谢才好。这是我第一次生病，立志长大后做一个像宋大哥这样的大夫。

春天青黄不接，是穷人最难挨的日子。我和弟弟下屯去挖野菜，掺玉米面喝菜粥度饥荒。哥俩抬着满满一筐柳蒿芽、婆婆丁往家走，路过宋大哥家的门口，心想喝口水再走不迟。大爷、大娘见到我们比见到儿子还亲，逼着我俩脱鞋上炕，吩咐家人立马做饭。又饥又饿的两个半大孩子，风扫残云般吃了一顿饱饭。临走，宋大爷用布袋装了几碗大米，说是带给母亲。我们高高兴兴回到家中。万万没有料到，母亲把我俩大骂了一顿，斥责哥俩不该在人家吃饭，更不该要人家的口粮。见我们一副不知所措的样子，母亲流着泪语重心长地说："太不知事了，那是宋大爷全家的救命粮。你们日后要报答！"我的心灵被强烈震撼，那一年，我只有十五岁。

一席话，令我的朋友唏嘘不已，感慨道："理解了。"报答，是人的一种良知。

2003 年 3 月 16 日

老 十 叔

眺望十岁那年，我家住在李家大院西厢房的两间平房里。坐北朝南三间“一面青”住的是房东，都叫他李老十，我称他为老十叔。李家在这个江北小镇算是小康人家了，一座四合院，院后面一个大菜园子，窗下是枝蔓丛丛的樱桃树，连着一行行李子树，还有塞北少见的桑葚树。摘果吃瓜放八挂（风筝），扑蝴蝶捉蜻蜓，这菜园子是我孩提时代最为向往的去处。每当我从那扇柳条编织的角门进入菜园子，高喊一声“李十叔”，李十叔总会答应一声：“来吧，爷们儿。”边应边放下手中的活计，拉我坐在菜畦边上，用草棍儿在地上写字考我。

我和李十叔的儿子小根儿是一个班的同学，每天一起上学，放学后几乎长在李家。老十叔住的那间屋子，摆放着一张老式长条琴桌，一对儿老式花瓶，褪了漆的红木椅子分列两侧，墙正中挂一幅皱皱巴巴的山水画，一副对联贴在画两边。上联是：世事让三分天宽地阔；下联是：心田存一点子种孙耕。

一日，我和小根儿坐在椅子上写作业，小孩子好动不安分，一边写字一边咔嗒椅子。小根儿的妈妈老十婶面带愠色斥责我："别造害椅子，快回家去吧！"吓得我赶忙收拾书包，连大气儿也不敢喘。这时，老十叔从后园子回来了，对十婶十分不满道："别吓唬孩子，不就是一把椅子吗，值得这样吗！"然后和颜悦色招呼我："爷们儿坐下，十叔教你们认生字。"不到一堂课的工夫，我和小根儿认识了那么多生字。老十叔说："我教给你们一个认生字的口诀：中国字念半边，不会错上天。"按此口诀，把学过的生僻字一对照，果然灵验。老十叔眯着眼睛似在想什么，问我老家是山东吧，我点点头。他又问："你知道十叔老家在哪儿吗？"我摇摇头。老十叔指着墙上的那副对联告诉我："这是十叔家乡流传很广的一副对儿。这样吧，让你猜一个谜语，打一字，猜出来了，那就是十叔的老家。"他略微想了想，念了四句话："待月西厢消寺空，张生普救去求兵，崔莺莺订下佳期会，可恨红娘不用功。"我不假思索抢答："好像是《西厢记》，你老家在山西、陕西或广西。"老十叔连连摆手道："错，错，错！谜底只一个字。"他见我猜得不对路，将谜底告诉了我——安徽的徽。我一下子恍然大悟：待字将寺消去，救字把求去掉，崔字去了住，红字不用工，可不就是一个"徽"字吗！我心里暗暗钦佩，老十叔真有学问哪！

上了小学五年级，我自以为可以读书看报了。

正月里，左邻右舍聚在我家下象棋、打扑克，老十叔不让我玩，引导鼓励我给大人念唱本，念《大八义》《瓦岗寨》《雍正剑侠图》等武侠书。可以想见，念得错字连篇，可大人听得懂意思，并不计较。

有一次，我把“潺潺流水”念成“子子流水”，把“旌旗招展”读作“生旗招展”，老十叔当场纠正。我还不服气，反唇相讥道：“中国字念半边不是你教的吗?”老十叔开了一句玩笑：“教书先生查字果，我也不是苏东皮。”他故意将“字典”说成“字果”，将“苏东坡说成苏东皮”，意在启发我“念半边”不可一概而论，叫不准的字要查字典。

一个玩笑，令我心悦诚服。如果说我读小学时认字较多，后来又学得一套查字典的本领，当归功于老十叔。

老十叔八十华诞，我专程回老家去看望这位老人。

还是那个院落，还是那片大菜园子，只是“一面青”换成了砖瓦房。正在院里下棋的老十叔见到我，忙对几位棋友挥手道：“家来贵客了，改日再战，鸣金收兵!”他领我进了屋，沏了一壶香喷喷的茉莉花茶，端将上来对我说：“一壶酽茶喜相逢，今儿个咱俩说文论字，看看爷们儿这些年有多大长进。”我说：“后学岂敢!”我随便问道：“您老现在忙点啥?”老十叔乐呵呵地说：“没啥事了，等着呢!”见我有几分不解，他喃喃自语：“七十三、八十四，阎王不叫自己去。”说起这个敏感话题，他竟然这么豁达，这么轻松，宛若流经小镇的那条大河，波澜不惊，水平如镜。我情不自禁地举起茶杯，以茶代酒，由衷祝福我的老房东——老十叔。

2005年9月5日

张十七

张十七是张木匠的外号。此公喜看书读报，谈古论今，却没上过一天学，这在年届花甲的同龄人中恐怕也不多见。十三岁在木匠铺学手艺，十六岁进工厂给师傅打下手，一步一步晋为八级工，技工级别封了顶。晋八级工那年，他在小兴安岭林区一个木材厂当工段长，管百十号人。他常对人说："我这个官，论级别是股级，可每月工资九十九元，相当于十七级干部，副县哪！我知足了。"一来二去，人们渐渐淡忘了他的名字，都称他为张十七。

我第一次和张十七打交道是十几年前的一个秋天。那时我在工厂子弟校当老师，张十七的家具工段为学校加工了一批桌椅，我带汽车去拉。从六楼搬到一楼大门口，还要装上车码放好，人手少了不行，张十七不知从哪儿找来几个农民工，讲好价钱，连运带装，每人二十元钱。楼层高，又赶上秋老虎大热天，农民工干了一阵子不想干了，想撂挑子。张十七见情势不妙，指着我和司机道，咱们仨帮着干，给他们每人再加十元钱。我和司机不大情愿，农民工听了精神为之大振，干劲倍增，一个多小时的工夫将车装好。领头的农民工招呼弟兄到阴凉地儿分钱，几个人呼啦一下子围了过去；唯有一个人没走，用绳索拢车。我问他咋不过去领钱，这人答道：“这活儿你们帮我们干，还给加钱，不干利索就走人，于心有愧呀！”张十七闻听此言，走了过来，拍着这人的肩膀说：“你愿意的话，明天到段里来上班，我录用你了！”在一边的农民工们以为耳朵出了毛病，面面相觑，好事没落到自己头上，一下子傻了眼。之后，张十七问我：“搞改革，这么考察录用人才对不对？”我嘴上称是，心里却说：“你一个八级木匠，懂什么改革，还真把自己当成县团级干部了！”

已近中午了，张十七留我和司机吃饭，既然是关系单位，肯定上饭店撮一顿。万万没有料到，张十七径直把我俩领到职工食堂，对当班的老师傅说：“打点儿鸡蛋西红柿卤，下把挂面，给客人吃新煮的，早晨的剩面条给我热热就行了。”我哭笑不得，可人家一片诚意，我有何话可说？边吃边聊，我不无讥讽地称这顿饭吃得有汤有水，清正廉洁。张十七十分认真地说：“你要真这么想，我这个十七级改日请你到家喝茅台。”

张十七退休后，儿子把他从林区接到辽西老家养老。他腿脚闲不住，东奔西走，一天不知干些啥。一日，忽对家人说：“我考察了一番，南大河边上有一片撂荒地，我打算在那栽树，盖两间房，再养点鸡鸭。”儿女不同意，老伴更是反对，有吃有喝，清福不享去遭罪，何苦？张十七急了，说了一句：“王八吃秤砣

——铁心了，谁要再劝，我就把他从窗户扔出去!”无奈之下，家人让我开导开导他。我再清楚不过，张十七认准的事，九个老牛也拉不回，打过两回电话，他也不打拢，我也便自心下慢了。

一年之后，我去南大河看张十七。两间简易泥土房，四周夹着秫秸篱笆，院子里一群小鸡在土里啄食。房子低矮，烟熏火燎，还不如单身跑腿子住的马架子。屋里冷冷清清，一碟咸菜几个馒头，散落在灶台上，玉米秸烧柴横七竖八地堆放在灶前。我禁不住打一个冷战。张十七似乎猜透了我的心事，指着门口一只大芦花鸡说：“这只鸡在河边草丛里下蛋抱窝，昨天领回一帮小鸡崽。”接着两眼凝视窗外绿油油的银杏树苗，自豪地说：“三年后你再来看看，这里就是一片树林子。你说是不是得这样构建和谐社会?”话听起来有些可笑，但你得承认他讲得不错。我反问一句：“可你这样生活觉得幸福吗?”他脱口而出：“我是山里人，就想干点自己喜欢干的事。赵本山小品说，幸福就是遭罪，我品了，遭罪也是一种幸福。”

2005年10月9日

温泉小学

这所小学，因温泉的发源地而得名。校舍异常简陋，几排泥瓦房，门前一个只能容纳百十多人的操场，不能再破的两个单杠兀立一隅，算是唯一的体育设施了。讲台用砖头堆砌而成，没有院墙，只有十几棵稀稀落落的柳树环绕四周。令人难以置信，这竟是全国最完好的明代古城的一个全日制小学校。时为1978年。

进入八十年代，学校的生源有了变化，除附近几个村屯的孩子外，一个个新建的疗养院和驻军驻在单位的子女入学了，这些孩子，大都来自中小城市，城市穿着和乡村环境形成鲜明的反差。学校没有暖气，一冬天，教室靠生火炉取暖，每天早上学生轮流赶到学校生火炉子，毕竟是十几岁的孩子，弄得满屋冒烟咕咚。农家的孩子还好，技术熟练，而在城市里长大的孩子就相形见绌了。于是，家长越俎代庖。大清早，无论你是疗养院长还是军队的上校团长团副，都得拎着一捆玉米或高粱茬子，帮孩子来生火炉，当然不少孩子也因此而学会了这门手艺。一个从这所学校毕业、后来进京上大学的学生说起母校，不无感慨：温泉这个地方养育我十五年，在小学的六年里，学会了逮蚂蚱、捉知了和下河捞蝌蚪，还有生火炉……学校给了我们一个完整的童年。尽管这个学生刚入学时年龄差一岁而一度被撵回家，家里人戏谑她“退休了”，尽管因和教师非亲非故而未获过一次“三好学生”的称号，那垂头丧气回家的样子，使人想起俄罗斯那幅著名的油画《又一个 2 分》，但主人公却是个品学兼优、名列前茅的 5 分生。这个学生的姐和妹都是在这所小学毕业的，姐仨共有过一位班主任——郝老师。忆起往事，三姐妹感激之情溢于言表。姐说，郝老师真好，户口在乡下，孩子也在乡下，落不下城镇户口，一个人住在学校，自己做饭吃，但她从未耽误过学生一堂课，对学生慈母般关怀。姐又说，她讲唐诗时，称杜甫为同志。说到这里，姐仨全无一丝嘲笑之意，只有苦涩之情。郝老师四十多岁，只有初中文化呀！妹说，这所学校仅有一名师范毕业的老师，是毕业班的班主任。1985 年，上海作协副主席峻青来海滨小住创作长篇小说，住在一家疗养院。因为和妹的爸爸交往甚密，妹写了一篇作文《峻青伯伯》，不料这位班主任当着全班同学的面，告诫妹不要瞎编，你一个小学生怎么能认识大作家呢？这位教师哪里知道，妹的这篇作文竟是一篇拓宽眼界、写真人真事的范文。是年“六一”儿童节，这篇作文被市报刊登并获奖，妹说，不知我的老师看到没有。

妹妹上小学五年级的时候，一日大雨滂沱，孩子们正在上课，忽听轰的一声，教室的后山墙倒塌，幸而未伤着学生。老师宣布放假，学生们蔫头耷脑，心有余悸，闷闷不乐地回了家。为了盖校舍，决定向驻在驻军单位集资。一天旭日东升，教师点了一些单位学生的名，让其离校，孩子们兴高采烈，乐不可支，以为又放假了，哪里知道，是家长们所在单位的集资款没有交齐，才被撵回了家。

终于，一座新的校舍诞生了。一幢四层大楼拔地而起，窗明几净，四周筑起了围墙，老树成荫，小树成行，堪称一流校舍。我在流经学校的温泉河的石桥上，久久伫立，心潮难平：我的三个女儿都是从这里起步的，一个走上工作岗位，已成为教师，另两个也进了大学的殿堂。她们的同学呢？蹬三轮车的有之，卖冰棍的有之。女儿们说，这些同学，智商未必低下，有的还出类拔萃，如上学深造，家庭未必负担不了，有的是打鱼大户，有的是果树大王，然而……

学校的面貌改观了，这是孩子们的幸运。我想到列夫·托尔斯泰的一句名言："幸运的不是始终去做你所希望做的事，而是始终希望达到你所做的事情的目的。"我不知道，学校师资力量加强了多少，教师素质是否还停留在那个年代？能让上不起学的孩子上学的学校，称之为希望小学，上了学之后希望什么呢？也许我的忧虑是多余的，但愿如此。

1997年10月16日

第 三 辑

我的家园，大森林

我的家园，神奇的东北亚大森林。

层层起伏的山峦，宛若变幻的调色板，红如霞，黄如金，青如黛，绿如茵，从夏到秋，从冬到春。针叶、落叶、阔叶树遮天蔽日，原始林、天然林、人工林浩浩荡荡，肩并肩手挽手，那么遥远，这么亲近。

山涛奔涌，林浪滚滚。突噜噜，三三两两斑驳的飞龙鸟，和怔怔的獐狍嬉戏；笑眯眯，三五成群优雅的梅花鹿，温柔地望着游人。千万缕阳光在林间筛下淡蓝色的细雨，似一首首抒情诗，又似一幅幅水墨丹青画，多么静谧，多么和谐温馨。

蓦然间，我想起当代愚公马永顺，不能再普通的名字，一位可敬可爱的老人。他要还清对大自然的亏欠，花甲之年，放下手中的斧锯，率领“马家军”祖孙三代造林植树，植树造林，终于为后代留住了一片郁郁葱葱的青山，留住了远去的森林。生前，梦里曾一回回呼喊“绿化”，那是老人家心中的夙愿，震天撼地的生命的号子；身后，和大山树木融合在一起，护林看山，在浩瀚的兴安岭落户扎根。啊！白云是蓝天垂下的怀念挽联，满目青山高唱绿色的忠魂。

为家园弹奏一支歌吧，清风徐来，拨动“马永顺林”这把巨大的竖琴。弹奏“天保工程”带来的福祉，唤醒伐木者放下手中的板斧；弹奏林区人的无私奉献，青山常在，永续利用，献了青春献子孙；弹奏黑龙江——一只美丽的天鹅腾飞的鸣唱；弹奏世界上最美妙的音乐——涛涛林海茫茫雪原的天籁之音……

2009 年 9 月 6 日

梦对青

对青山，多美的名字。山，因对青而得名；对青，因山而驰名。除老家的地名之外，我最熟稔的地名，怕就是离家乡四十五里路的这个对青山了。它的名字像一把钥匙，无论我走到哪里，总是挂在我记忆的深巷。

五十年前，我坐上两匹马的斗子车，离开故乡榆林镇去小兴安岭林区读书，在对青山转乘火车，平生第一次见到火车这个庞然大物。在候车室里，看见有人剥水果，飘来一阵阵清香，竟不知道那劳什子就是橘子。多少年过去，每当闻到橘子的香味，心就飞向我童年时代多次换乘火车的这个地方。

心在哪儿，家在哪儿，对青山可以称之为我的第二个故乡。此情可待成追忆。初夏时节，我的本家侄子殿峰开着一辆别克私家车，约上我的好友老夏，故地重游，一同去探访离别长达半个世纪的这个江北小镇。

出师不利。我们不认得路，汽车在一片翠绿的大地上绕了好几圈才进入镇里，过一座跨线大桥时，道路坑洼不平，车的底盘被重重地剐了一下。当年脚下这条土路，如今已修成了柏油路，可喜；可这段路这般难走，可叹！停下车，我们向一个二十几岁的小伙子问路："对青的山在哪儿?"小伙子摇摇头，歉意地一笑，一脸茫然。

在小伙子的热情指点下，我们来到火车站，将车停放好，三个人找来找去，竟找不到候车室。再次问路，一个小孩用手指了指前方一个黑色铁大门，颇像"牧童遥指杏花村"，我们一时丈二和尚摸不着头脑。上前叩门，出乎意料，门里有人传出话来："等一等，火车马上就来了。"我们这才明白，这个铁大门如同有人看守的铁路道口，从这里跨越铁道线方可进入候车室。我有几分不解，当年进入候车室很顺畅，如今却要戗茬逆行，太危险了。夏院长开玩笑道："有时，历史的车轮也可以倒转。"

候车室扩建了，比原来的大了一倍，老候车室和为火车头加水的那个水塔尚在老位置；房前的几棵老榆树依然健在，怕是已到了耄耋之年。保存最完好的莫过于车站对面那幢俄式洋房，这是一个俄国站长的住所，墙上赫然刻着造房年代：1917 年。我无法回头看到过去的时光，却可以看到时光留下的东西。尽管记忆不十分完整和准确，但这一切可以告诉我，对青山这个百年小站，是通往省城哈尔滨的交通枢纽，是一个让人值得怀想的地方。此行，至少让我懂得：有一种心境叫沧桑。

候车室门口，几位老者坐在门口的台阶上聊天晒太阳。问起对青的山，老人们顿时来了兴致，纷纷站起身来向北眺望道：

“原有那条电道（大道）一边一个山包，这才有了对青山，现在只有一座山了，另一座被夷为平地，变成了砖场。再也看不到以前那么多树了。”我感慨道：“皮之不存，毛将焉附！”人定胜天，看来愚公移山并非寓言。

信步来到大街上，想看看闻名遐迩的对青烤鹅，令人失望的是，烤鹅店关门了，也没有我们想象中的正宗饭店的样子。路边摆摊的人告诉我们，这烤鹅店曾经挺火，牌子也创出去了。过去有个毛驴车经常来送大鹅，拉泔水，一天来好几趟。人们的生活水平提高了，毛驴的要求也跟着提高，从喂草料到喂饭店的剩菜剩饭，再后来这也不行了，有时用鞭子抽它就是不走，直到给它弄杯啤酒喝了，才乐乐呵呵地上路。听罢，我笑不出来，想到市场经济，想到环境保护，想到无处不充斥诱惑的世界……

对青山，一座山没了，何以称对青？本家侄子是环保局的秘书，好友老夏是生态学院的院长，我是从大森林中走出来的作家，对青山之行，我似乎做了一个苦涩的梦。当汽车缓缓地驶入哈黑公路的速生林带，遮住视线的绿叶摇荡出唰唰的声响，似在快乐地歌唱，而我还没有从这个梦中醒来。

2006 年 3 月 9 日

桥头花园

温泉河是辽西的一条小河，流经疗养区段有五六公里，河面上建有八座桥，其密度怕可以申报吉尼斯世界纪录大全了。

二十世纪七十年代，我曾在最早建在温泉河畔的黑龙江林业疗养院工作。那时，小河上架了一座钢管结构的木板小桥，走在上面晃晃悠悠，有点像大渡河上的浮桥。人在桥上走，鱼在水中游，鸭鹅在小河里嬉戏，如飘动的片片白云，遮住一河晚霞。那是多么迷人的田园风光啊！

人总是不断制造垃圾。一座座疗养院在河两岸蜂拥而起，多家疗养院往河里排放生活污水，居民倾倒杂物，还有附近农民到这里来放牛牧马，一条清清亮亮的小河，变成了一条黑乎乎的臭水河。那年天降暴雨，河泥淤积，大海涨潮倒灌，小河发了大水，河堤决口，疗养区一片汪洋，大水漫过一楼的窗台，直逼二楼，家家户户孩子哭老婆叫，喊声震天。电话打不通了，年轻人奋力游泳，去报告险情，请求救援。

大水回落后，当地驻军官兵奋战一周，清理了河道，各疗养院申请专项资金加高了河堤。“目窈窈兮，其凝其盲；耳肃肃兮，听不闻声。”小河平静了，可两岸的居民没有痛定思痛，依然我行我素，果皮、菜叶、塑料袋随手往河里扔，没过几年，小河又变成了一个大垃圾场，河里的蒲棒草与淤泥共长，河岸的垃圾袋与蚊蝇齐飞。每当人们从这里走过，人人掩鼻，无不喟叹，这个小河是两个兽医抬个鼻疽骡子——没治了！当时我给报社写过一篇稿子，题目是《温泉河亟待治理》，没见到回音，我便调离了疗养院，而那条小河成了我的牵挂。

今夏，我回到了曾工作多年的这个地方。辞别小河久，小河照旧流。习惯势力是最强大的势力，往河里扔垃圾的习惯依然如故。让我惊讶的是，桥头出现了一座小花园。一排排泡桐、芙蓉、香椿树，一簇簇木槿、刺梅、小桃红、大礼花、波斯菊、丰花月季争相斗艳，红砖围起的院墙上，爬山虎爆出一片蓝花花。一眼机械压井兀立在花园中央，沟渠如织，细流淙淙。家人告诉我，这个小花园的主人，就是我当年的对门邻居张老先生。

张老先生是名副其实的老先生，老中医，建院的元老，退休后赋闲在家，天天为这条污染的小河焦虑不安。张老虽然年近八十，但身板硬朗，样子比实际年龄小得多。刚退休那年，他每天俯在桥头的栏杆上东张西望，看见谁往河里扔垃圾就高声制止，义务看河。可是，常往河里扔垃圾的人家有三防：防火、防盗、防老张。看河这招不灵了，张老采取以柔克顽的策略，不能瘸子打狼——坐山喊，他开始了行动。每天早晚到河堤上散步，顺手捡一些砖头瓦块堆放在一起，请来瓦工用水泥砌了一个方屋，桌上画了一个棋盘，他从家里拿来一副象棋，招来棋客，以此壮大声势，加大看管力度。

这招还真灵验，看见这个阵势，扔垃圾的人有所收敛。谁知过了一阵子，扔垃圾的人又反弹了，下棋的人也开始扔垃圾。只眼须凭自主张，张老做出一个谁都没想到的决定：自行投资在桥头建个小花园。每年初春时节，他带领全家人来这里栽树种花。树绿了，花开了，娱乐消闲、观景赏花的人成群结队，络绎不绝，倒垃圾的人一天天减少。张老高兴了，大片幸福在脸上盛开，他把收集的花籽送给来自各地的疗养员，把香椿芽送给四邻。人们心存感激地说：“这里的花草树木是张老心血的结晶啊！”老先生逢人便讲，如果让农民住进楼房，铺上地毯，就会改掉吐痰的习惯；我建这个小花园，意在规劝和警示一些人戒掉不良习惯，自觉保护家门口这条河流。前几天，张老过八十岁生日，四世同堂，老寿星领着全家三十几口人，浩浩荡荡直奔桥头花园，为树木打枝，给花木施肥锄草，然后回到家里团聚，切蛋糕，吹蜡烛。每年给张老过生日，大家都来到花园对花草树木修剪一番，这已是他家不成文的规矩。

桥头花园，一个不能再小的小花园。然而，这是温泉河畔一道非同寻常的亮丽风景，这是一位朝杖老人用心打造的守护家园的标牌。入夜，桥头花园走进了我的梦，高大的树木扬起绿色的旌旗，低矮的花木擎着怒放的花朵，它们并肩挽手，一路走来……

2007 年 8 月 10 日

孔乙己

孔乙己，是我上高中时的同桌孔同学的绰号。孔同学在我们班当语文课代表，一本《新华字典》整天价不离手，常常弄一些生僻字考问老师和同学，比如尥蹶子的尥怎么写，用手捋草叶发出声音的象声字怎么读。他嗜书如命，借书从来不主动归还，催要急了，就不紧不慢地来一句“读书哉，慢慢读也”。都是同学，拿他亦无可奈何。有一次，在学校图书馆看书，他非常喜欢一本书的插页，偷偷撕下来，正欲装进书包，被图书管理员抓了现行。那会儿正学《孔乙己》这篇课文，于是乎，孔乙己这顶帽子顺理成章戴在了他的头上，同学们不再叫他的名字，直呼孔乙己，他也乐得答应，满不在乎。

高中毕业后，我和孔乙己与大学失之交臂，一块儿进了小兴安岭一个外国援建的工厂技工学校。时值二十世纪六十年代，毛主席发出“向雷锋同志学习”的号召，我们这帮风华正茂的年轻人，个个不甘落后，立即行动起来，独身宿舍楼成了学习的战场。先行一步的抢着拖楼道、扫厕所、擦玻璃，缓行一步的就到房前屋后捡垃圾，抢不上槽的只好到厂区里人们看不见的地方去学雷锋了。

形势所迫，孔乙己想要付诸行动却苦于没辙，动了一番脑筋，终于想出一个办法。他一个人来到建筑工地，将散落在工地的牛皮纸水泥包装袋捡回宿舍，用湿抹布擦干净水泥灰，用手一张张抚平，然后用剪刀剪成书本大小的方块纸，再用铁丝穿起来，一串串分挂到男女厕所，作为如厕手纸。他十分得意，为自己的聪明才智兴奋了好几天。

孰料，车间召开学雷锋总结表彰大会，主任表扬了许多同志，尤其表扬了雷厉风行、落实毛主席指示不过夜的同志。在肯定成绩的同时，这位领导说："大家对孔同志反映不太好，用牛皮纸做手纸，用意何在？居心不良嘛！"在场的人都笑了，只有一个人面无表情，呆坐在那里，这人就是孔乙己。

"四清"运动开始了，全厂上下广泛开展"评功摆好"活动。所谓评功摆好，就是以车间为单位，大伙围坐在一起，挖掘每个人身上的优点，溢美之词用到极致。"人造模"怕就是这样造出来的。当为一个与丈夫长期两地分居、生活作风不检点的女士评功摆好时，大评大摆她每天带饭如何精细、如何注重衣着、如何讲究卫生。轮到孔乙己发言了，他说："大家说的不错，不过，她最突出的是计划生育搞得好。"我忙捅了一下孔乙己，示意他打住，人家丈夫不在家搞什么计划生育。此公却继续说："这一条可不容易做到呀！"我生怕人家"炸庙"，为不识时务的孔乙己捏了一把汗，不料会场秩序井然，纷纷齐声附和，弄得挺浑和，我一颗悬着的心才落了地。过后孔乙己说：“我就是要说给这个不知‘差’耻二字的人听。”他故意将羞说成差。

“文化大革命”中，因为“站错了队”，屡遭批斗，孔乙己变成一个沉默寡言之人。知识青年上山下乡的大潮奔腾不息，孔乙己被发落到呼伦贝尔盟插队落户。临出发那天，我匆忙赶去送行，在一片锣鼓声中，领导将两朵大红花分别戴在孔乙己夫妇的胸前。孔乙己一句话也不说，一手攥住我的手，一手从挎包里拿出一个塑料皮笔记本给我留作纪念。我塞给他五块钱，让他给孩子在路上买点吃的。孔乙己扶着妻子，抱着患小儿麻痹症的女儿吃力地爬上敞篷大汽车。汽车开走了，老同学一家人渐行渐远，我站在那儿心情沉重得迈不动脚步。翻开手中的笔记本，上面写着孔乙己从鲁迅的小说《故乡》中活剥的两句话：地上本来有路，走的人多了，也便没有路了。这还了得！如果上纲上线，吃不了得兜着走。我赶忙从本上扯下来撕得稀碎，扬了一地，泪水止不住从眼眶里滚落下来。从此，我常常在梦中寻觅远在天边的乙己兄。

今年农历正月，我去兴城旅游，意想不到的是，竟奇迹般地遇见了三十年音信皆无的孔乙己。那天，我从火车站坐公共汽车到温泉下车，天下雨了，急忙跑进一家食杂店躲避。透过玻璃窗，望见对面一家饭馆——孔家清真馆，牌匾上的字体似有几分稔熟，心不禁怦然一动。一打听，真的不敢相信，饭馆老板果然是我的同学孔乙己。

我急不可耐地直奔饭馆，和一脚门里一脚门外的孔乙己撞个满怀。他头也不抬，连声说："对不起！"我叫了一声孔兄，他怔怔地看着我，像当年分别时那样，仍一句话也没说，双手使劲地攥住了我，久久不撒手。

我俩相对而坐，举杯畅饮，孔乙己依然寡言少语，对过去的日子说得简而又简。他看似平静，平静的下面是怎样一种奔涌的波涛？

孔乙己历经多年的磨难，二十世纪八十年代末，落实政策，他从内蒙古回到老家兴城，被安排到一家疗养院工作。院里盖了几栋家属楼，分房的时候，都嫌吵闹，谁也不要靠近马路、顶天立地（最上层和一层）的楼层。孔乙己说："我女儿有残疾，那就要个一楼吧。"便回内蒙古去搬家了。疗养院派了一辆大汽车，拉来了全部家当：妻子和女儿，锅碗瓢盆，一张铺床的羊毛毡子和半车干牛粪。用孔乙己的话说，穷得叮当响，一贫如洗呀！

开发建设兴城成为第二个北戴河，这里成了通往海滨的黄金地段，临街的人家在楼前接了门市房，开商店，开饭馆，左邻右舍都张罗起来了，唯有孔家按兵不动，因为实在没钱。眼看左右一面一个山墙立起来了，孔乙己不得不东挪西借凑点钱，加个屋盖，前面开门，开了一个小吃铺。一家人经营靠诚信，服务靠真诚，小吃铺日见红火，远近闻名，旅游旺季招来许多回头客，几年后，小吃铺变成孔家清真馆。孔乙己还告诉我："念书的时候，你们就把我当个文化人，我给孩子办了个作文班，了却我一直想当老师的心愿。这不，正要去上课呢！"我向外边看了一眼，一辆蓝色夏利轿车候在门口。我问："你自己开呀?"他不好意思地点了点头。

望着两鬓斑白的孔乙己，我不无戏谑地说："回到老家了，茴字有四种写法，你尽情地去教吧!"一阵开怀大笑。伴着朗朗笑声，可以隐约听到不远处隆隆滚动的春雷。

2008 年 9 月 30 日

鹅的故事

“鹅、鹅、鹅，曲项向天歌。白毛浮绿水，红掌拨清波。”这是我女儿孩童时学会背诵的第一首古诗。读起这首诗，眼前就现出风干在记忆中的落红之蕊。

二十世纪七十年代，由于健康状况不佳，我从小兴安岭来到渤海之滨的一家疗养院工作。采菊东篱下，悠然见首山。改动陶翁一个字，便是我落脚谋生的“小桃源”了。房前屋后绿树环绕，一条小河从房西头缓缓流过，河水绿得发蓝，河岸举着一片片怒放的花朵。尽管当时生活条件十分艰苦，我还是喜欢上了这个新的家园。

春天孵化鸡、鸭、鹅，妻子有意让孩子亲近小动物，特意托邻居买回两只小鹅。邻居打开一个装鞋的纸盒子，不无抱歉道：“个头大的都让人挑走了，只剩下这两只末末渣了。”但见一只小白鹅和一只小雁鹅眼神惊恐，瑟瑟发抖，瘦小孱弱，令人爱怜。妻子好生喂养，小鹅一天天长大，白鹅浑身雪白，没有一根杂毛，雁鹅的羽毛白褐相间，酷似一只落地的大雁。

每天早上，两只鹅下到小河里，吃水草嫩叶，在水中悠然畅游嬉戏，晚上顺着原路准时归来，趴在大门口等候主人下班开门，见主人回来了，赶忙站起来迎接，喜形于色。女儿每天弄些嫩绿的大棵青草或玉米叶子，两只鹅边吃边唱边舞蹈，十分开心。每当家里来客人，大门一响，两只鹅像电铃一般响起，轻轻鸣叫，待主人出来迎客，叫声戛然而止。两只鹅从不追逐来人，只知道整日价习练歌唱，对老人孩子格外和善温顺。特别是那只白鹅，即使下蛋也一声不响，趴在窝里一动不动，任女儿随意抚摸。

我家的住房是独门独院的外楼梯，每到星期天或节假日，两只鹅见主人不按时下楼开大门，便一个台阶一个台阶登上楼梯，轻轻叫上几声，提醒主人别误点，该上班了，然后又一步一步下到楼下守候。全家人和左邻右舍无不喜欢这两只通晓人性的大鹅。

忽一日，上头一道令下，不准饲养家禽。什么原因不得而知，但肯定与禽流感或疑似禽流感不沾边。妻子和女儿不知如何是好，向我问计。我当机立断，选个好人家，送到乡下去。妻子找来一只装苹果的大花筐，里面铺上松软的干稻草，女儿放进一罐头瓶水，将两只鹅依次放入筐中。两只大鹅不知何意，很乖顺，静静地观望。待生人抬起花筐上车之时，叫声骤起，一路嘎嘎大叫不止。我看见，妻子和女儿的眼泪滴落下来。

结果是我选错了人家，不多日，两只鹅就成为乡下人的盘中餐了。消息传来，女儿一遍遍对妈妈说，再也看不到“白毛浮绿水，红掌拨清波”了。不知何故，那几日我心里总默唱那首电影插曲，“我再也不能听你弹琴，听你歌唱……”

我怀念我曾居住过的那个“小桃源”和那两只大鹅。曾记得一位青年画家欲将其创作的一幅国画送给我，我告诉他，不是不喜欢，我更喜欢他那幅远山如黛、林木葱茏、白鹅浮水的《悠然山水间》，个中缘由这位画家未必知晓。

鹅的故事，给予我许多思索。我不是把人生看得很美好。诸如人与动植物，人与大自然不能和谐相处，大抵是人为所致。

2004 年 1 月 26 日

兴凯湖畔桃花源

我是从地理课本上知道兴凯湖的名字的。说来可笑，那时总和青海湖相混，大概是因为谐音或许是遥远加神秘的缘故吧。我渴望到兴凯湖一游，渴望了几十个春秋，直到去年已届天命方如愿以偿。

从湖畔回到省城，不知怎的，放不下的是那些忘却不了的思念。我曾一次次地问自己，我思念兴凯湖，难道仅仅因为她是湖泊却有大海般的胸怀？还是因为她没有人工雕琢而显示出的自然古朴的魅力？是因为她和俄罗斯分界而带来的诡谲？还是那味道鲜美的大白鱼令人恋而忘返？是，也不是。真正让我思念的，是那极为平常而又不平常的一段真实经历。

8 月，秋高气爽。在东方红林业局参加一个会议之后，偕两位友人同游兴凯湖。两台轿车箭也似的向前疾飞，由于路不熟加上车速快，车行不到半小时，在一急转弯处，一台桑塔纳下了道，一头冲进路边的塔头甸子里。值得庆幸的是，离一块修路卸下的大石头只有尺余，不然也就尝到了车毁人亡的滋味了。轿车距大路几十米远，汽车往外拉了半天，也无济于事，只有用马往出拽。在这前不着村后不着店的旷野里，哪里去找马呢？束手无策之时，突然有人往前一指："看，那有一个草房。"顺着他的手指向前望去，正应了"借问酒家何处有，牧童遥指杏花村"这句古诗，司机忙向草房奔去。不多时，领来一位老者，只见他鹤发童颜，牵着两匹马，肩上背着一副绳套。他看了看汽车，二话没说，挽起裤腿，脱下鞋子，就下到齐膝深的泥水中，不知是车陷得太深，还是绳套破旧，绳子拉断了几次，才把这台桑塔纳拉到大路上。我们高兴地忙着发动车，竟忘了向老者酬谢，只见老人微微一笑，和来时一样，照旧牵着马扛着绳套，弓着身子不声不响地向草房走去了。我们望着他远去的背影喟叹道：莫非是遇到了一位老神仙？

几经绕路，终于来到了魂牵梦绕的兴凯湖边。长安虽好，不是久留之乡。我们当天要赶回住地，在湖边只照了几张相，便匆忙作别。此时，两台坐骑的汽油已所剩无几，当务之急是为汽车加油。经多人热心指点，我们赶到有加油站的村子时已中午时分，加油人员全都回家吃饭去了。正一筹莫展时，当地的一位小伙子自告奋勇，为我们去找加油站的人，我们便在村中的路边上小憩等候。其时，秋阳似火，口干难耐，望着各家各户门前菜园里红透了的西红柿，大有"解放战争长春被围，宁肯用金条换窝头"的念头。正巧一位小女子进菜园摘豆角，我们围了过去，恳切地提出要买些西红柿解渴。小女子莞尔一笑："买什么，你们尽可去摘!”我们也顾不得斯文，摘了一堆大吃起来，还脱下衬衣兜了许多，以备无米之炊。司机手里拿着几张“大团结”，恭候来人收款，挨门查访，左等右等，竟无人答问。

我们顺利地加上了油。因要急于赶路，想交了钱就开拔。加油的是位中年妇女，她执意不肯收钱，一定要等开票的人来开票，按制度办事。几分钟后，当我们接过发票，她不无歉意地笑道：“对不起了，祝你们一路顺风!”

汽车沿着湖坝平稳地飞驰，我们为今天发生的一件件事啧啧称羡。忽然发现后面有一台212吉普尾随不舍，大家以为堤坝上禁行，忙让司机赶紧打舵下坝，不想对面又迎上来几个人，我们只好停车待罚。一位民工模样的人走到车前，很客气地向我们点点头。这时，一位穿黄军装的壮年汉子走了过来，递上一件东西，接过一看，大家不禁面面相觑，这不是我们跑丢的左后轮上的钢盖子吗？面对一张张和善朴实的面孔，此刻只有道谢再三，还有什么可说的呢？

一路所见所闻，似梦非梦，真似走进了陶渊明所描绘的桃花源。拉车的老者，馈送西红柿的小女子，加油站的中年妇女，送车轮钢盖的壮年汉子……不就是一个个活生生的桃花源中人吗？我不敢相信，但又确信，这个桃花源就在祖国边陲北大荒这块神奇的土地上——人们称它为兴凯湖农场。人，是一方土地文明的标志。在商品经济大潮汹涌的冲击下，在世风日下之今天，兴凯湖农场所放射出的光彩，足可令那些问路装聋作哑或指路要钱的“正人君子”们相形见绌，亦可令那些动辄宰客的小人们扪心自问而汗颜。

兴凯湖之行，我更多的收获是些沉重的思索：孟尝君的门客冯谖为主人下去收账，尚且能捎回民心，面对这久违了的古朴民风，该说些什么呢？尽管我的声音很微弱，但我仍要向社会大声疾呼——魂兮归来！这魂，当是中华民族几千年的传统美德呀！

我思念兴凯湖，更思念兴凯湖畔那个当代桃花源！

1995 年 1 月 24 日

夜宿西大庙

大庙地处西大河边，当地人皆谓之西大庙。这座寺庙颇具规模，大院方方正正，绿树环绕，坐北朝南，三面台阶，正殿高出地面丈余，东望远山如黛，呼兰河从门前缓缓流过。在还是儿童的我的眼里，这庙宇很像金碧辉煌的布达拉宫。

不知从何时起，这里已经成为铁力县武装部了。五十年代初，我上小学四年级那年暑假，在武装部当秘书的家兄住在附近，才得以出出进进这座令人生畏的大庙。每天上午九点和下午三点，是工间休息时间，肩扛黄灿灿肩牌的军官们席地而坐，在水泥地面上铺开棋盘厮杀，或在平展的球场上打一番篮球。我就是在这里学会下象棋、打篮球的。

一日下班之前，我正和军官们下棋，勤务员叫我接家兄的电话，我赶忙跑进门厅。我第一次打电话，电话机是挂在墙上那种老式的，我踮起脚怎么也够不着，便搬来一把椅子站在上面，拿起听筒说话。家兄告诉我，全家人都下屯探望病人，这几天回不来，让我住在他的办公室，在食堂吃饭。我暗自窃喜，能在大庙好好玩上几天，心里有一种说不出的高兴。

入夜，我住在大庙秘书科，睡前插上门闩。从玻璃窗向外望去，一棵棵大杨树的影子在月光下不停晃动，像一只只野兽上蹿下跳，阴森可怖，不禁有些发毛，顿时想起电影《古刹钟声》里那个老和尚。我不敢关闭电灯，躺在被窝里，一遍遍查数，总算睡着了。突然，一阵脚步声把我惊醒，我忽地坐了起来，声音由远而近，一会儿重一会儿轻，时断时续，我用被子蒙上头，吓得浑身瑟瑟发抖。

好不容易熬到天亮，我把昨夜的事和值班室的谢军官说了。这位少尉军官听罢道："不用害怕，今晚我陪着你。"当夜，虽然有大人和我做伴，但心里仍不踏实，翻来覆去怎么也睡不着。到了后半夜，脚步声又来了，我赶忙推醒了谢少尉。谢少尉从床上蹑手蹑脚跳下来，一边侧耳倾听，一边叫开手枪的"大狗"。声音越来越大，像拖着什么东西在地上滚动，谢少尉猛地推开门冲了出去，随即两声清脆的枪响。我出门一看，什么也没有，什么也没看见，低头一瞧，一只篮球静卧在脚下。谢少尉笑道："我以为又是黑瞎子来敲门——熊到家了，原来是一只黄鼠狼在走廊过道上玩篮球呢！我开枪把它吓跑了。"

我悬着的一颗心一下子放了下来。尽管黄鼠狼经老辈人渲染充满神秘的色彩，可是在大庙周围，却没发现过一只令人憎恶的老鼠。

2000年11月25日

怀恋那个迎新年联欢晚会

1963年，我高中毕业后，去小兴安岭的铁力木材干馏厂当学徒工。这个正在筹建的林产化工厂，设备全部由欧洲的波兰进口，当时号称“亚洲第一，世界第二”，学徒工学历要求必须高中毕业，南京林校的应届毕业生，皆分配到车间当了普通工人。名气之大，远近闻名，我能进这个工厂，虽然不至于手舞足蹈，却感到无比自豪。

1964年元旦即至，厂部通知，12月31日这天晚上，工厂在职工大食堂举办迎新年联欢会。我刚从校门走进工厂大门，不懂何谓联欢，天天盼夜夜盼，扳着指头算，终于盼来了这一天。

天刚黑下来，我就走出了宿舍，心里像长了草，两步并作一步走，踏着厚厚的积雪，深一脚浅一脚直奔大食堂。路边大树小树上的树挂，酷似盛开的朵朵梅花。这个时节，尽管没有梅花开放，我还是情不自禁吟诵起王安石的《梅花》：“墙角数枝梅，凌寒独自开。遥知不是雪，为有暗香来。”我每天吃的是高粱米饭，喝的是白菜汤，脚下穿的是没有鞋垫的胶皮鞋，却无比热爱生活，憧憬未来，春天并不遥远，冬天充满希望。

当我兴冲冲来到张灯结彩的大饭厅，但见人头攒动，热闹非凡。套圈的，“钓鱼”的，吹乒乓球进“北京”的，各式各样的游艺活动，让我眼花缭乱。我从未见过这等场面，既新奇又陌生，我不敢轻举妄动，怕露怯让别人笑话，只站在一旁观看。这时，我的一位师傅走过来，递给我一张纸条，上面写着：“联合国秘书长是谁，哪国人？”这位师傅只有小学六年级文化，和我住上下铺，我不假思索，帮他写上“吴丹，缅甸人”，递给师傅。他欢天喜地拿去领奖，一边走一边对我说：你快去参加有奖问答吧！我迟疑了一下，便走向手捧一张张纸条的人群中。我抽了一张问答卷，上边问，中国革命胜利的三大法宝是什么？我读高中时学过中共党史，向别人借用一支钢笔，认认真真地填写上“统一战线，武装斗争，党的领导”。然而，去领奖时却被告知，这是抢答题，奖品已发完。一次得奖机会就这样失之交臂。我颇沮丧，感叹自己技不如人，暗暗下定决心，一定努力学习！

尽管那时家境艰难，我还是从十八元的学徒工资中省出几元钱，订了一份价格最便宜的报纸，每天反反复复阅读，从头版到第四版，几乎无一遗漏。每天晚上八点半钟，我都准时来到工厂大门前，站在广播喇叭下面，收听中央人民广播电台的新闻联播节目。坚持读书，怕是从这时开始的，不管啥书，见到就读。第二年，我在《东北林业报》上发表了一篇豆腐块文章《谈开卷有益》，接着，又发表一首抒发工人阶级豪迈感情的诗歌《上工》。

六年之后，我进入北京大学学习。第一学年的政治考试，我考了满分，是全系唯一一个一百分。我清楚地记得，中文系教政治课的索振羽老师，掩饰不住兴奋的心情，面对大课堂两百多名师生说："吴宝三同学的答卷，一字未错！"多少年后，同学们提起此事，无不戏谑道，阁下当是那个年代的绝对学霸！可是那一刻，令我想起工厂的那次联欢会。一个走出校门的学生，刚刚步入社会，思想单纯，天真烂漫，想问题哪有那么复杂？其时压根没有想到，现场发奖人会瞒天过海，在光天化日下舞弊，有奖问答竟成了不答有奖，许多人拿着白卷领了奖品。我没有抱怨，而是微笑面对，心平似水……

在北大中文系图书馆，我读了许多古今中外的文学作品。读了俄国诗人普希金那首经典诗篇《假如生活欺骗了你》：假如生活欺骗了你/不要悲伤/不要心急/……一切都是瞬息/一切都将过去/而那过去的/就会成为亲切的怀恋。诗人积极乐观的人生态度，激励我自强不息。几十年过去，至今，我不仅怀恋，而且还要感谢上个世纪六十年代小兴安岭那个迎新年联欢晚会。

2015 年 10 月 22 日

薛大夫

我这个人从小就胆小，尤其怕上医院、怕见大夫，多少年来，无论看病还是探视病人，都是硬着头皮去踏医院的门槛。那一年，上级动议我去一家大医院当党委书记，这本是人人羡煞的肥差，却吓得我好几天坐卧不宁。

认识我的所有大夫，或者说，我认识的所有大夫，没有一个给我留下难以忘怀的印象。不少大夫医术平平，本没有什么本事，却常常装腔作势，借以吓人，所以这些人很快在我的记忆里消失。倒是有一个姓于的大夫，白白胖胖，刚从某医大医疗系毕业，很憨厚的样子。我参加工作后第一次去医院看病，就是他给看的。我说肚子不好，总咕咕直响，是不是食物中毒？于大夫听罢我的主诉，半天没有吱声，我以为病情严重，有些慌，连连追问了几次。他眼睛眯起一道缝，沉思良久，终于做出诊断：肠鸣。还好，没有像我的朋友那样脚后跟长个鸡眼，让去照个CT片。

是年，我参加了“四清”工作队，进驻小兴安岭腹地的一个林业局医院，在队部当综合秘书。工作队长牙疼，我陪着队长去五官科。牙医说，这牙得拔，然后为其打上麻药，三下五除二，干净利落将牙拔掉。队长连声道谢，好一顿把牙医夸奖。孰料过了一天，队长牙疼有增无减，又去看。牙医一看，“哎呀”一声道：“怎么把好牙拔去？惭愧！惭愧！”

也难怪，工作队刚进驻医院时，曾组织医务人员进行一次时事考试，有一道题是这样出的：白求恩是哪国人，何职业，工作态度如何？其中有一张答卷居然这样回答：白求恩是中国人，外线电工，技术一般。当工作队宣读考分公布正确答案时，答卷者后悔不已，连说：“求恩哪求恩，你如果不姓白，我怎么能说你是中国人！”

也许是上天的安排，就像孙悟空终未能跳出如来佛的掌心，我还是被安排到医疗卫生单位，去海滨疗养院当党委书记。这毕竟比去治疗医院强，我别无选择，无可奈何地接受了这个差事。

和我搭班子的院长叫薛伟，我们早就熟悉，只是从没在一起共过事。他在林业局医院当医生时，不管当班还是休班，随叫随到，去林场抢救危重病人更是在所不辞。有一次半夜上山出诊，过小桥一脚踩空掉进河里，爬上来拧干湿衣服，继续赶路，感动得患者全家直掉眼泪。薛伟的医德医风，全局上下有口皆碑，他多次荣获林业系统优秀共产党员的光荣称号。我赴任之前，听到许多关于他在疗养院不近人情的事。薛伟毕业于大连医学院，在治疗医院工作二十多年，他爱人是他的同班同学，患有严重的关节炎，为“将就内人”，到疗养院是不情愿而为之，时为1986年。从医生、科主任、副院长直到一把手，这个不想当头只想当大夫的人，竟官运亨通。薛伟当上院长的第一天，一个包工头找上门来“投石问路”，掏出大中华敬上一支遭断然拒绝，便顺手将这盒烟放在桌上，欲坐下谈谈。薛伟二话没说，立马连人带烟推出门去，甩给包工头一句硬邦邦的话：“你少来这一套！”在疗养院就餐，每每陪客吃饭，唯有一个人吃完饭将十元钱压在餐碟下，并要大家效仿，此人便是薛伟，弄得陪客的领导班子成员很有意见。有一次，薛伟率机关干部在院内树墙下锄草，落豆秧枝枝蔓蔓连成一片，薛伟边锄草边针对有的班子成员说，你们当中有人吃人家的嘴短，拿人家的手软，互相利用包庇，就和这落豆秧一样盘根错节。嗑唠散了，弄得在场的人不知如何接茬。当了半年院长，院领导班子中的人说，和这个院长很难共事，尿不到一个壶里；疗养院的人说，这个院长刀枪不入，软硬不吃。

疗养院有个最调皮的小护士，晋职称时，见好几位大夫都堂而皇之地填写精通英语。连bye-bye英文字母都写不全，居然填写精通，这胆儿也太肥了！他家有台出口转内销的飞人牌缝纫机，就照葫芦画瓢把飞人英文单词写下来，分别去请教这几位大夫，结果是没有一个人说得对，有的说是进口的新药，有的说是医疗器械。薛伟拿过来一看，骂道，你这小子整个破缝纫机名，小猫掉面柜——瞎虎！后来人们才知道，薛伟黑夜白天阅读的是《中华内科杂志》的英文版本，对此院里人亦有微词，说老薛充其量不过是纸上谈兵而已。

我是在“映日荷花别样红”的季节到海滨疗养院报到的。未曾料到，我们两个党政一把手竟然是在疗养院第一疗区的观察室见面的，说准确点，未曾晤面，是交臂而过。其时，正值“三连冠”的中国女排在这里集训，训练场地在空军疗养院的体育馆，吃住在海滨疗养院新建的一疗区。

那天我没有提前打招呼，一个人来到院长办公室，门锁着，一打听，得知院长正在第一疗区抢救病人，就径直奔向那里。疗区内外气氛紧张，医护人员神情严峻。我悄声问值班室的护士，是抢救疗养员吗？护士看了我一眼，低声道，是女排队员梁艳。点滴出现输液反应，大夫护士吓坏了，准备转院去北京。如果真出点事，这个责任谁敢负？这不，把薛大夫找来了。啊！我不由得吃了一惊，这可是国宝呀！我赶忙进了观察室，只见薛伟和几个大夫正在会诊，我站在他们身后悄悄地听。薛伟说：“病人大夏天吃了不净瓜果，造成腹泻，出现输液反应有什么大惊小怪，没有转院的必要。梁艳是人，也是患者。”说完，下了医嘱，见大夫护士仍面有难色，他说：“我开方子，我给她点滴，出了问题由我来负！”接着，薛伟亲自为梁艳扎针点滴，过了十多分钟，待梁艳平静下来，微微入睡之后，大家这才长长地舒了一口气。薛伟又向疗区大夫交代了几句，转身走出观察室，沿着我来时的路，回到他的办公室去。

望着身穿白大褂、头戴工作帽、兜里揣着听诊器的薛院长的背影，我想起“众人皆醉，唯我独醒”的楚国人屈原，这位剑不离身、披发行云泽畔的三间大夫（是大夫但不是行医者）颇让我敬佩；而在我所熟悉的医务人员中，亦有一个人令我敬佩，这个人就是海滨疗养院上上下下皆不称其院长，而只称其为薛大夫的薛伟君。

2015 年 2 月 4 日

师　兄

三十年前，我就想为师兄写一篇文章，记下那段挥之不去的友情。凭当年的写作能力，似乎是没有问题的，“文革”前我毕竟在省级报刊发过一些东西。不知何故，和师兄朝夕相处三个春秋，文章竟未能写成。昨夜有梦，朦胧中，师兄的音容笑貌越发清晰起来。

1968 年“清理阶级队伍”，似一片落叶，萧瑟秋风中，我这个二十刚挂零的小青年被打倒在地，又被横扫到工厂最危险的岗位——干馏车间煤气发生站，发配到这里劳动改造。这恐怕是全厂最脏最累的活儿了，一个班下来，操作工个个像从烟囱里钻出来的小鬼一样，从头到脚全是黑炭末，只有牙是白的。最可怕的是爆炸、中毒，车间有一位老师傅中毒摔伤瘫痪在床，至今还在北京积水潭医院治疗。煤气站建在车间的角落，天棚地板全是厚厚的钢板，胆小的女同志不要说不敢进来，路过这儿都像躲避瘟疫一样匆匆逃窜。车间救护工将买来的小鸟放在笼子里，挂在棚顶，用鸟来预测一氧化碳的含量。听到鸟鸣，似听到死神在歌唱。

我第一天上的是零点班，从半夜12点到早晨8点。被禁锢了五个月的我，第一天上班，像飞出牢笼的一只小鸟，又回到自由的天空，激动得夜不能寐，还不到11点，便拎着母亲为我准备好的装有高粱米饭、土豆白菜的饭盒，赶往车间。时值秋高气爽，金风拂面，星光点点，蛙声一片，想到在最难挨的时候曾有过轻生的那一闪念，不禁感而慨之：活着真好！

班前会和全工段工人见面，按惯例，值长要念一段毛主席语录。“下定决心，不怕牺牲，排除万难，去争取胜利。”听到这段语录，我不知道是否有针对性，但至少打消了我的顾虑，看得出工友们对我这个劳动改造的人是热情而友善的。这时，一个高鼻梁、大眼睛、身材魁梧、二十五六岁的大高个儿，接过我的饭盒，把我领到煤气站。此人名叫周贵福，是我进工厂以来第一个称之为师兄的人。同班的还有两个人，一个是南京林校毕业生，南方人，戴副近视镜，大家不喊他名字，叫他“眼镜”；还有一个是我的同乡，都叫他“胖子”。

贵福老实厚道，寡言少语。走进煤气站，先打开工具箱，给我一本操作流程图，然后指着一个挂在仪表盘上好似血压计的东西，对我说：“注意压力表别出现负数，你有文化，很快就能掌握。”我两眼一动不动地盯着和我生命攸关的压力表，如同在大海中抓住了一个救生圈，恐惧的心渐渐平稳下来。开始往煤气炉里加炭了，贵福递给我一副鹿皮手套，招呼我去炭棚抬木炭。装炭的是一个个又笨又重的大铁桶，似东北那种腌酸菜的大缸，空桶就有四五十斤，装满一桶炭足有百十多斤，半小时加一次，一次要加两大桶。每次抬炭，贵福在后我在前，他总是默默地把炭桶往后拉，几乎靠近他的胸脯。我虽身单力薄，可自知是劳改之人，不想让他这样做，他总是那句话："我比你有劲儿!"

忙活了一阵子，见他们几个人坐下来说话，我赶紧下到楼下清理炉灰。用水浇过的炉灰像淤泥，我吃力地用铁锹往外铲，干得很卖力，想一次掏干净，给大家留个好印象。正当我跳进沟底之时，一只手突然捉住我的袖子，我吃了一惊，定神一看是"眼镜"。我明白了，"眼镜"是个造反派，警惕性很高，他见我下了楼，便尾随下来，怕阶级敌人破坏，一直跟踪监视着我。回到楼上，贵福问"眼镜"下去干什么去了，不无嘲讽道："你查到定时炸弹啦?!""眼镜"不语，我的鼻子却酸了。

凌晨三四点钟，几个人坐在桌前打盹儿。几天来，我一直处在亢奋状态，现在神经一下子松弛下来，简直困得不行，爆炸、中毒对我已无任何威慑作用了。这时贵福站了起来，看了一眼压力计，示意我跟他下楼。他把我领进一个屋子里，里边摆放着几个条凳，地上还有几个木墩子，好像是开会或学习的地方。贵福说："你在这儿眯一会儿，那边我会去照管，有事儿我兜着!"说罢，大步流星走出门去。我哪里敢睡，几次出门向楼上张望，只见"眼镜""胖子"都伏在桌子上打盹儿，仪表盘上晃动着贵福来回走动的高大身影。

几个月过去，人鸟平安无恙，爆炸、中毒的恐惧感与日俱减。考察了一段，“眼镜”确认我不是什么阶级敌人，对我不但放弃了监视，而且时常向我求教东北的方言土语。想来好笑，为了留一手，我始终没有告诉他老母猪哼哼为何物。入夏，他回江苏老家探亲，我托他买两个线缇被面。被面帮我买回来了，非常漂亮，我再三道谢。不料他极为认真地说：“求人买被面送给人家一只鸭子，这钱你得付。”我满口答应，不仅付了鸭子钱，还将老母猪哼哼的来历告诉了他。贵福知道后，笑道：“‘眼镜’还算诚实，他要说鸭子钱比被面还贵，也得给他。”

担心的事情还是发生了。那日上中班，交班之前，“眼镜”“胖子”先去洗澡了，贵福让我写交班记录。突然，压力计的水银柱上下无规则地大幅度波动，接着警铃骤响，还未等我反应过来，煤气炉发生爆喷，几个铁塞从炉盖上纷纷喷起，撞击到棚顶的钢板上又弹了下来。我顿时意识到：爆炸在即。绝不能让空气和一氧化碳混合，只见贵福飞快地捡起铁塞，塞回喷口。还有一只塞子没有找到，他一个箭步蹿了上去，用脚踩住煤气炉的喷口，然后对我说：“快关对面右边那个阀门！”我被眼前的场面惊呆了，两手颤抖，不知哪边是关哪边是开。贵福极为从容镇定道：“不要慌，顺时针关！”当我正关阀门之时，贵福找到了最后一个铁塞，安在炉子上。经过一番调试，各仪表逐渐恢复正常，他拿起笔，把发生的情况写在交接簿上。接近零时，接班的人来了，贵福详细讲述发生的一切，分析事故原因和采取的应急措施，都是技术性问题，讲得有条有理。在场的人个个点头称是。

我一下子感到，我的这位师兄虽然念书不多，但可以当教授，且会当得相当出色。

2000 年 4 月 23 日

王老科长

王老科长并不老，刚过不惑之年。二十几岁当科长，当了二十年，在科长前面加了个老字，资深使然。人们对其说，不跑不送，原地不动。王老科长笑道："差矣！又跑又送，早晚是病。"

那年，我俩一同调到了辽西筹建一家疗养院，王老科长主持总务科、基建科工作，我当书记。第一次见面会，开得别开生面。王老科长环视大家好一阵子，自我介绍了几句，便让这二十几号人同时汇报各自的工作，随便说。会场一下子活跃起来，你也说他也说，七嘴八舌，乱乱哄哄，王老科长听之任之，也不制止。待安静下来，他一一分派工作，安排得井井有条，禁不住让我想起《三国演义》中那个眼观六路、耳听八方的庞统来。散会后，王老科长把一个说"车坏了"的小青年留下，说了几句，让其在家修车。

转眼半年过去，一日，一位退休老干部回黑龙江探亲，疗养院没有小车，王老科长安排那个小青年开大车送站。老干部左等右等不见车来，打电话无人接听，急得团团转。王老科长得知后，只好让一位休班司机将老干部送到火车站。第二天班前会，王老科长对那个小青年说：“你说有病，那就在家好好休息，把车钥匙交出来。”小青年二话没说，把车钥匙扔给王老科长，扬长而去。没过几天，小青年待不下去了，要求上班。王老科长说：“第一回你说车坏了，开车出去干私活。第二回让你送站，找不到人。离退休老干部是咱们单位的爹和娘，你以为没啥用了？这是财富！这么办，给你开支，在家待着吧！”小青年被说得哑口无言，面有愧色，怕“转业”离开方向盘，在大会上痛哭流涕检讨了几次，这个司级（机）干部才得以“官复原职”。大家说，王老科长眼神不大好（近视），可他在用心看人。

入冬前，疗养院要进一台锅炉，王老科长让我和他一起去张家口订货。在北京换车，站了一下脚，我俩去颐和园转了转。翌日，意想不到的事发生了。王老科长咳嗽不止，痰中带血，我陪他去一家医院就诊。胸透，医生照来照去说了一句：“怎么这么晚才来！”不祥之兆吓得我不行，王老科长瘫坐在长条椅上，许久站不起来。我来到医生办公室，医生指着水淋淋的片子，当即明确诊断，毋庸置疑。回到旅馆，我赶紧给疗养院领导打电话，院领导带人连夜赶到北京。此时，王老科长反而镇静了，他说：“咱们明天就回去，趁现在明白交代交代后事。”在场的人无不黯然神伤。

第二天起床后，王老科长面色憔悴，眼睛布满血丝，显然一夜未眠。他从衣兜里掏出笔记本，像平时汇报工作一样，对院领导说，尽早派个懂行的人去张家口，把锅炉发运回去，职工过冬是大事……领导接过话头，劝慰他先安排治疗，工作回去商量。王老科长执意要请大家吃顿饭，拗不过他，只好在附近找了一家饭店。落座，王老科长咳嗽了一阵子，举起酒杯微笑道："把诸位都折腾来了，非常感谢！我先敬大家一杯。"说罢一饮而尽。在这般巨大压力之下，他竟然不乱方寸，在座的唏嘘不已。我抢着结了账，王老科长也没有再坚持，在回旅馆的路上，他还是请大家吃了一顿西瓜。"以前没有在意，"王老科长咬了一口西瓜，望着远处喃喃自语，"北京一年比一年漂亮！"话语轻轻，充满着对生活的深深眷恋。

让人啼笑皆非的是，回到辽西会诊，再次做X光检查时，发现王老科长的背心上印有铅字，故而诊断有误，虚惊一场。当我把会诊的结果告诉王老科长时，这位饱经沧桑的关东汉子，两眼噙满泪水，动情地说了一句话："活着，真好！"

2005年3月20日

李老干部

李老干部，本名李成发，十六岁跟随父辈徒步从东北赴延安参加革命，在毛主席身边当过警卫员，曾任中央机关供给处副处长。二十世纪六十年代中期，下派到黑龙江省国有林区一个大型企业担任副厂长。

从中央调来一位行政十三级的大干部，在小兴安岭密林深处的林产化工厂，不啻爆炸了一颗原子弹。这个厂是由波兰援建的，有一栋专家楼，他不住洋楼住宿舍，他说喜欢和工人师傅在一块儿聊天。这位两鬓斑白的老者，每天背着手低着头，东也看看，西也看看，这也问问，那也问问，没几天便把偌大的工厂走了个遍。厂里有一台华沙牌小轿车，还有一台吉普，安步以当车，没见过他坐过一回。没过多少日子，很少有人称呼其官衔了，都亲昵地叫他李老干部。

其时，我在工厂行政办公室当副主任，办公室归李老干部分管。起草报告、写讲话稿、陪同领导下基层检查工作等都是我的活儿，我自然而然成了李副厂长不是专职秘书的秘书了。记得见面那天，我正在走廊拖地，李副厂长把我叫到他的办公室，微笑着对我说："我没念过书，只上过扫盲班，斗大的字认不了几筐箩。咱俩分分工，你专管写材料，以后打扫卫生的事归我。"见我有几分愕然，他严肃地说："秀才，就这么定了！"

工厂在大俱乐部召开"抓革命，促生产"动员大会，李副厂长第一次登台亮相。但见他背着手低着头，走到麦克风前，戴上老花镜，从兜里掏出我给他写就的讲话稿，一字一句笨笨磕磕地念起来。那时一般讲话稿不打字，都是手写稿，我尽量一笔一画地写清楚，不用连笔字，怕李厂长不好辨认。当念到"全厂职工动员起来，大干实干加巧干"这句话时，他将巧干念成了"23干"，台下一片哗然。李副厂长停顿了一下，似有所悟，自言自语道："文化太低，照稿念也没念明白。"台下一片笑声，都说这个李老干部挺实在。

李老干部兢兢业业，勤勤恳恳，事必躬亲。他亲自到群众反映强烈的千人就餐的职工食堂蹲点，调查研究，召开座谈会，就如何改进伙食、提高饭菜质量征求职工意见。之后，召开有关处室负责人和食堂管委会人员会议。会上，他语重心长地对大家说："毛主席经常教导我们，群众是真正的英雄，三个臭皮匠赛过一个诸葛亮，要多听群众意见，不要把群众当成蝌蚪。"虽然李副厂长把阿斗说成蝌蚪，但与会者领会了他说的意思，这就是要心系群众。

临近新年，福利科给李副厂长打了一个报告，准备年前卖掉十几头食堂圈养的生猪，再买仔猪饲养，或者宰杀，新年春节期间食堂不用买肉了。李副厂长看罢报告，对我说："职工生活太苦了，每家分几斤肉不要钱，好好过个年。"当即签批：同意杀李成发。尽管六个大字写得歪歪扭扭，把字又写成一行，但却无一人见笑。

"文革"风暴袭来，李老干部当然不能幸免。别有用心的人给他贴了一张大字报：东也抓，西也抓，一天不知抓些啥。有请示就批字——同意杀李成发。群众看后，颇为气愤，几位工人师傅一气之下，在这张大字报上写了一句批语：人身攻击，纯属胡说八道！可见孰优孰劣，群众心里有杆秤。而李老干部像什么事也没发生，和每天一样，依旧背着手低着头，走在通往食堂的那条泥水马路上。

我从工厂调转到省城那年，李老干部离职休养。我们时有电话往来。我问他赋闲在家干点啥。他告诉我，还挺忙，早晚散步，白天学学文化……此后的日子里，他让家人到我这里来过几趟，向我借了一些书，有《三千里江山》《钢铁是怎样炼成的》《高玉宝》等。一日工厂来人说，李老干部在家写书呢！我不以为然，也不相信，他连文件都批不明白，如何写作？来人说，老人家下了大功夫啦，《新华字典》查飞了两本，草稿摞起来有半人高。五年过去，令人意想不到的是，李老干部的书稿由北方文艺出版社正式出版发行，书名为《我所经历的岁月》，感情真挚，语言平实，自述了他半个多世纪走过的路程。当我一页页翻阅这部十多万字的散文集时，既惊又喜，惊的是这把年纪竟有这般毅力，喜的是这些年的心血没有白付出，天道酬勤，终成正果。我从心底由衷感叹，好一个李老干部！

2005 年 2 月 12 日

还鸟儿一片天

选择早春二月第一个双休日，去办一件比参加亲朋好友婚礼还郑重的事。

入冬，我同妻子、女儿去小兴安岭探亲。一场大雪过后，久违的苏雀儿又成群结队在雪地树林中叽叽歌唱。一颗童心复苏了，一下子想起家乡小镇，想起用秫秸扎成鸟笼，挂在树枝上捕鸟的往事。不知何故，我迫不及待地找到捕鸟的孩子，向他要了两个苏雀儿，禁不住心头一阵窃喜。当然，要亦是要付出代价的，付钱不妥，便让那孩子饱餐了一顿苹果，那场景，很有一点中东用土地换和平的意味。

当我将用尼龙丝编织的小笼装进大三角兜里，小心翼翼带上火车时，过惯了大自然日子的生灵怎禁得住这般黑暗，一有亮光，便扑棱翅膀，不停乱撞，一心想冲出牢笼。每当为其通风时，扑棱更甚，不识时务得让人心烦。细想下来，它们何错之有，不正是向往和追求自由，才似飞蛾般扑向火的光明？

回到省城，家人精心喂养。听说驯熊跳舞，将熊赶到一块烧热的铁板上，铁板灼烫，音乐起，熊两只脚来回倒换。条件反射，凡听到音乐，熊以为又是烫脚的铁板，便不由自主地跳来跳去。照此驯鸟，但两只鸟野性不泯，人一接近，似炸了窝一般。特别是一见到明媚的阳光，便不顾一切撞击鸟笼，其中那只红肚囊的鸟因此而腿部负伤。全家人不得不坐下来讨论这个本不是问题的问题了。以往，家庭成员在一些事情上总有持不同政见者，唯有这次对将鸟儿放生认识统一。

何时放，往哪儿放？就放生的一些技术性细节未能取得共识。就地放，城市虽有园林，却无可食之物；现在放，春寒料峭，鸟儿圈了一个冬季，怕适应不了多变的气候。按照民主集中制的原则，我拍了板：待到春暖气温回升，放到江北我故乡附近的农村去，那里该是鸟儿的家园。

乘一个多小时的汽车，来到家乡久违的呼兰河边。女儿像平时添米加水那样打开笼门，两只小鸟争先恐后，箭也似的飞向旷野，没有留恋之意，没有缱绻之情。蓝天共有，人鸟之间原本应是这样。然而，我却生出些许“西出阳关无故人”的感叹，更多的是为它们的命运担忧。

放生归来，胸有微澜。放飞两只小鸟，似有小题大做之嫌，何以至此？但我在想，在北京上大学的女儿，假日里曾去紫竹院公园守护斑头雁；身边的小女儿在家中首先提议并多次敦促尽快放生；而童年时代的我，曾加入过捕鸟大军，打鸟、攀树、折花、踏苗，为捕捉到美丽的鸟儿而雀跃不已。今日放生，怜悯之外则是忏悔，忏悔童年的无知，忏悔因我而失落的那么多花香鸟鸣！

1998 年 3 月 14 日

西 市 场

西市场在铁力县城西街，靠近西河沿，故而得名。市场只有一条街，虽然算不上繁华，童年时代，在我看来却是天上的街市。

市场从东到西不足百米，并排可行两辆马车。道两侧有几座简易木板棚，由小商小贩经营，进城的农民则在一排排参天大树下的空旷场地自由交易。

冬日的西市场美极了，第一场大雪过后，天地间一片白茫茫，成群的苏雀儿在树挂间穿行，抖落下一树银花。太阳刚出山，满载着松木杆、柞木杆和桦木杆的马爬犁，像一艘艘战船从远方驶来，爬犁过处，皑皑雪地之上印下一幅幅奇形怪状的画图。道这侧，一对对五颜六色的野鸡、飞龙鸟似乎在雪地上小憩，一只只山兔似乎在雪地上匍匐跃跳，毛皮油光发亮的傻狍子似乎竖起耳朵倾听猎人的枪声，只是皆姿势僵化，不似在大森林里那么灵活。毛茸茸的火狐狸、白狐狸在跑山行的皮货商的臂弯里耷拉着，这精灵嘴巴微张，似乎有什么话要向世人诉说。脚下一字排开的是蘑菇、木耳、猴头、榛子、松子……对面一长溜儿全是卖鱼的，这一堆儿那一堆儿，令人目不暇接。一豁豁长的鲫鱼堆积如小山，我刚蹲下来问价，新来一位打鱼人，手里拎着抄罗子，肩上扛着一帆布袋子鱼，哗的一声把鱼倒在地上，宽的窄的，大的小的，各式各样叫不出名来。尽管是冻鱼，在阳光下仍然银光闪闪。大鱼每斤卖三五角，小鱼一元钱可买五六斤，泥鳅和红肚囊的蛤蟆及“哈什蚂子”最不值钱，一斤只卖角八分。打鱼人说，这都是在呼兰河镩冰刚打的鱼，新鲜。买的卖的，你来他往，踩得雪地咯吱咯吱响个不停，很有节奏，像一支动听的冬之歌。零下四十度的严寒，将笑声、吆喝声冻成一层层白霜，挂在青年人的眉毛和老年人的胡子上。

我跟父亲来买烧柴。父亲在买卖家吃过劳金，有些见识，懂得做买卖的规矩，以为仍在袖筒里扳手指头讨价还价。山里人笑了，直来直去一口价，一爬犁烧柴五元钱，即刻拍板成交。卖柴人道，烧柴后山上多的是，家里打柈子烧火都不要带节花的，净挑顺溜的红松柈子劈。这一爬犁烧柴几斧子下去就砍满，猫冬挣几个辛苦钱，比在家看牌要钱强。

少小离家老大回。在大雪飘飞的日子里，我来拜谒西市场。市场位置依然，只是向河沿延伸开去，向左缓缓拐了个弯，好像一个硕大的问号。眺望远山，凝视近河，蓦地想起四十年前的冬日，“街市上陈列的物品，定然是世上少有的珍奇”。靠山吃山、靠河吃河的千年古话，如西市场走势形成的那个问号，沉重地压在我这个大森林人的心头。

2000 年 10 月 15 日

过呼兰河

呼兰河流经松嫩平原的庆安县境内，将这个县一分为二，县城在河南，当地人对勤劳公社所辖大队、生产队统称为河北。

1961 年，家兄从师范学校毕业，被分配到河北一个小学校教书。翌年，生产队分给几分自留地，他全部种上小豆，这种早熟作物，既高产，田间管理又省事。深秋时节，家兄捎信来说，城里有台车回河北搬家，让我跟车把打下来的豆子拉回来。饥荒之年有粮食了，不啻喜从天降，虽然高中课程正紧，我还是编个谎言向老师告了假，径直找到车把式的家。一看搬家之车，正应了农村流传的那句俗话——老牛、破车、疙瘩套。

日上三竿，老牛车从县城启程。车把式姓杜，五十岁开外，一位典型的北方纯朴农民，他在农村待了大半辈子，干不动活儿了，进城投奔儿子。又一唠，他的小女儿是我同班同学的未婚妻，顿时，关系拉近了一层，我亲热地叫他杜大叔。

通往河北的路十分难走，净是大拽，不下雨尚且一步一坑，遇到下雨天就更没辙了。呼兰河上没架桥，来往车辆只有选水浅、水流小的地方过河。杜大叔选好过河处，用石块垫了垫河底儿，一扬鞭子，老牛奋力向前，过了河又走了大半天才到达目的地。连夜装上杜大叔的全部家当，净是些破东烂西，加上我家的两帆布袋小豆，第二天清早便返程了。

不料途中下起小雨，我们不想避雨，一心只想赶路，早点过河。雨越下越大，路越来越难走，天擦黑时好不容易赶到河边，来时的过河处已被河水淹没，水已成溜，哗哗流淌。眼前是大河，附近没有村落，只有连夜过河。杜大叔从车上抽出两把镰刀领着我去条通割柳条，准备在河口垫一条车路。在河汊子的柳条丛下，发现了一个蓄篓，拎起来一看，里面净是活蹦乱跳的鲜鱼，有白鱼、鲇鱼、细鳞鱼……我对杜大叔说，今儿晚妥了，咱爷俩炖鱼吃，边说边割了一根细柳条儿，想把鱼串起来。杜大叔连忙说，不可。咱们带着大饼子，一会儿过了河，拢火烤着吃，这鱼可别动，兴许是一家人的指望呢！我二话没说，把蓄篓又放回河汊里，和杜大叔起劲地割起柳条来。

折腾到大半夜，终于赶着牛车过了河。又艰难地走了一个多钟头，拐进一个屯子，把车赶进生产队的院子里。看院的是一位比杜大叔岁数还大的老伯，听说我们从河北来，忙点上煤油灯，抱柴火烧火做饭。吃了一顿炖土豆、倭瓜，我在热炕头上晾开湿透的衣裳，倒头便睡，直到黎明听到生产队上工的哨声才醒过来。杜大叔和老伯在院里话别，没有道谢之类的客套话，大伯问，走啦？大叔答，走啦！上路后，我对杜大叔说，家家户户这么缺粮，我还担心夜里豆子被人扛走呢！大叔笑道，别说是豆子，就是金子也没人去动。

从县城到河北，路途不远却漫长。往返三十公里，我和杜大叔赶着老牛车，朝行暮宿三日矣，信耶?

2000 年 9 月 7 日

瓜　园

香瓜上市，挤窄了这个城市的条条大路。入夜，四轮子瓜车的马达声和卖瓜人的吆喝声，竟像一首首摇篮曲，从窗口飘进我的梦。

我的家乡在松嫩平原呼兰河西的一个小镇上，靠近河套，又是沙土地，香瓜远近闻名。仲夏，香瓜开园，是我们这帮半大孩子最盛大的节日，三三两两，奔走相告，喜悦之情溢于言表。

第一次上瓜园，是我要上小学的那个夏天。进了瓜园，只见瓜秧一片碧绿，香瓜遍地皆是。最好看的是一行行芨芨草、波斯菊将瓜田裁成条状，似筑起一道道花的篱笆。

看瓜人是位上了年纪的长者，慈眉善目，黑红的脸膛，赤着脚，头上戴一顶用席篾儿编成的草帽。见大人领着孩子们来了，也不搭话，指指蒲团，示意我们坐在瓜棚边等候，自己拎起一只土篮子进地上瓜。在瓜地吃瓜不要钱，随便吃，这是规矩。我虽然每次去瓜园都吃得小肚溜圆，临走时，看瓜的老爷爷还让我用布衫兜上三五个，但总想自己进地去摘，亲手摘瓜才好玩哩！我知道这是大人不允许的，于是，便演出了串联几个小伙伴，在青纱帐的掩护下偷瓜的闹剧。糟蹋了瓜田，自然少不了挨家长一顿胖揍。

上小学四年级的那年暑假，隔壁家李六叔让我跟他去瓜园上瓜，挑到镇上来卖，我自然乐不可支。跟他卖了几回瓜后，自以为懂得了经营之道，居然要亲自试一试。

约几个小伙伴凑了点钱，到瓜园上了一筐瓜，走出地头，效仿六叔，在路边割了些香蒿，盖在香瓜上面。此时，全然不顾蝈蝈们的大声诱惑，一刻不停直奔市场。卖了一头晌香瓜，也没卖出几个，伙伴们连吃带分，蜂拥着又奔瓜园，不是去上香瓜，而是去抓瓜地边上的蝈蝈。

一日，李六叔告诉我赶紧去瓜园上瓜，到学堂去卖，那里有几十号人开会。我和小伙伴从瓜园上了一挑瓜，来到学堂。一放下担子，人们呼地一下子围了上来，你闻他弹，你抢他夺，还有的掰开就吃。我一下子蒙了，不知如何是好。六叔扔下自己的瓜摊跑过来，满脸堆起笑容，对大家说："慢慢挑，慢慢选，一会儿还有新开园的瓜送来。"他又帮着我数数（当时论个卖），又帮着算账，形势很快得以稳定。我跟着六叔卖了一个夏天的瓜，懂得了薄利多销，知道了怎样才有回头客和如何提高服务质量。六叔没有文化，可他当是我最初经商的第一位启蒙老师。

多少年过去，每当香瓜开园，就想起孩提时代的伙伴，想起隔壁家的六叔，进而联想到鲁迅先生笔下的闰土和水生来。闻到瓜香，令我这个久居都市的游子，又回到魂牵梦绕的故乡。

2000 年 7 月 30 日

瓜园远去的背影

“明媚的夏日里，天空多么晴朗，河套的甜香瓜，多么令人神往……”我之所以常常活扒《太阳岛上》这首歌词，情不自禁地哼唱一番，这是因为，我的故乡盛产香瓜，我与瓜园有难以割舍的情缘。不是吗？每当香瓜开园时节，大车小辆跨过松花江公路大桥进军江南，瓜车挤窄了省城的大街小巷，成为这座城市最为亮丽的一道风景。“榆林镇香瓜喽！”瓜农的一声吆喝，就会把我带回到魂牵梦绕孩提时代的天堂。

故乡榆林镇，只能算是北方大平原上的一个村屯。静静的呼兰河从这里缓缓流过，河套的沙土地布满大大小小的瓜园，多少年来，地产香瓜令这个百年老镇闻名遐迩。

我七八岁那年，一位种瓜的孙大伯从河套来镇上赶集，顺便到我家串门儿，肩上一个布褡裢，前面是香瓜，后面是西瓜。还没等大伯坐下来喝口水，我迫不及待拿起切菜刀，在水缸沿上来回磨上几下，用手掌擦拭后递给大伯。大伯接过刀，点了点头，把瓜蒂那面切下一小片擦擦刀，然后将瓜一切两半。大伯说，磨刀磨不去刀的外味，得用瓜皮擦净，这样吃起来味道正，才对得起瓜。我咬一口黑籽红沙瓤，咂咂嘴，果然全是瓜汁的清香，没有一点菜刀的锈味。待我掰开甜香瓜，咬一口，赛蜜糖，我想，怕世界上所有的瓜果都无法与它相比。

年年吃大伯送来的西瓜、香瓜，年年期盼亲眼去看一看瓜园是什么模样。上高小那年暑假，我背着家里的大人，约上几个小伙伴，光着膀子，拎着蝈蝈笼，偷偷地跑到河套，去找那个远近有名的老瓜头我的孙大伯。

孙大伯家的瓜园，三面是一人多高的玉米地，一面是长满香蒿、蝈蝈起劲鸣叫的一条大壕沟，将瓜园围在正中间。放眼望去，碧绿连天，微风吹来，阵阵瓜香扑鼻。我细细地观察香瓜的叶子，形状同角瓜、倭瓜、黄瓜叶子相差无几，只是小而圆；而西瓜的叶子，完全不像瓜类的家族，看上去好像枝枝蔓蔓的透叶莲，有趣的是它的叶片竟印在滚圆的西瓜上，想必是向世人昭告，不忘主人的养育之恩。

戴着草帽的孙大伯正蹲在瓜地里，用谷草挽成圈圈，一个个垫在西瓜下面，那么细心，像呵护襁褓中的婴儿。只见他卷着裤腿儿光着脚，紫铜色的肩膀上流淌着汗珠。看见我们来了，高兴地摆着手，示意不要站在毒日头底下晒，快进瓜棚里去凉快。不一会儿，大伯拎着满满一土篮子那种又甜又脆的小芽瓜，招呼我们围过来吃。我们吃着甜香瓜，好奇地问，这瓜是怎么种出来的？大伯从育苗、施肥，讲到打尖、捉虫，然后说，瓜是有灵性的，要善待它们，它们也懂得报答。从一粒种子侍弄到开花结果，它们也知道“谁言寸草心，报得三春晖”吗？此时，几个小伙伴全然没有了来时那种疯闹。我们在书本上曾学过“种瓜得瓜，种豆得豆”，但并不明白这其中还有做人的学问。

正当我们要离开瓜园的时候，忽闻田塍踏歌声，我们一眼认出来了，是镇上人人都不待见的懒汉米老二。看见这个人，耳边便回响起当地流行的小调《月牙五更》：一呀么一更里呀/月牙出东南/二流子懒蛋子心里不痛快/想找个地方偷着看牌……孙大伯亲热地招呼米老二过来吃瓜，米老二吃了一个，伸伸懒腰说，一天到晚找不到痛快。大伯说，这好办，你先帮我干点活儿，完了我告诉你上哪儿去找痛快。你先去铲铲花，花仙相中你了，说不准给你找个媳妇哩！说罢，递给米老二一把锄头，摘下草帽戴在他头上，让他去铲瓜园里盛开的指甲花下面的杂草。大伯从瓜棚里抱来了一些干柴草，烧了一铁壶开水，往壶里捏了一点茶叶末，闷了一会儿，大声呼唤米老二歇憩喝茶。米老二坐在瓜棚的阴凉地儿，喝着热茶，出了一身透汗，一边用破布衫擦着汗水，一边自语道，真痛快呀！大伯眯起眼睛望着米老二笑道，怎么样？你找到痛快了吧！米老二似有所悟，眨巴眨巴眼睛，笑了，说明天我还上你这儿来找痛快。吃着大伯的甜香瓜，望着大伯布满皱纹、饱经沧桑的笑脸，我们几个小孩子似乎明白了许多。半个多世纪过去了，想忘都忘不掉那个瓜园课堂。我非亲非故的孙大伯，一个普通的种瓜人，当是我人生之路的启蒙老师。

我怀念故乡。我不以为怀旧是衰老的特征，怀旧是感情之链条中的金子，弥足珍贵。故乡瓜园的背影渐行渐远，面对今日之浮躁，我时常怀念孙大伯那片翠绿的瓜田，低矮的瓜棚，那是天人合一的精神家园。

2000 年 11 月 12 日

东沟子

东沟子，是呼兰河奔向松花江途经兰西县榆林镇分流成的一个小河汊，距镇中心只有一华里。提起东沟子，榆林镇老辈人无不想起人与树、人与鸟、人与鱼和谐相处的这块乐园。初春，草色遥看近却无，而东沟子的向阳坡上已是绿草如茵，苣荬菜、婆婆丁、小根蒜俯拾皆是，我就是从那时认识这些山野菜的。这里有片树林子，春风的剪刀裁出一片片细叶，先是柳树，次第是杨树、榆树、山丁子树、李子树、糖槭树、椴树、橡子树……花开时节，到处一片雪白，熏风扑面，花香袭人，成群结队的蜜蜂飞来绕去，在花间嗡嘤。没有人攀折花树，更没有人盗砍滥伐。

天高任鸟飞，东沟子是鸟儿们演出的大舞台。当地人俗称"驴粪球子"的鸟儿最早飞来，它比普通鸟小，一帮帮一群群，似一把把银珠撒落林间。几天后，个头硕大的"青大脑袋"、头上杠杠分明的"三道门"、黄褐相间的"黄豆瓣"、周身透红的"红马料"相继粉墨登场。到了小满，花枝招展叫得最为悦耳的

“烙天贝儿”才正式亮相。鸟语令人陶醉，颇具艺术魅力。它们心有灵犀，遥相呼应，不论独唱、对唱还是大合唱，绝不亚于当今高水平歌曲大奖赛的歌手。家乡人在田间劳作，尽情欣赏这美妙的歌声。

河汊的水清澈极了，清得发绿，微风徐来，树枝轻拂水面，泛起层层涟漪。有水就有鱼。大旱之年，人们在河汊里提水洗菜、浇地，时有小鲫鱼、葫芦子在水桶里游动。清晨或傍晚，我经常和几个小伙伴，效仿大人的样子，折根柳条当鱼竿，拴上一根细麻绳，用大头针折成鱼钩，蚯蚓当鱼饵，甩进水中。不一会儿，竟能钓上半盆柳根鱼、川丁子鱼，个个活蹦乱跳。我们一条条再将它们放进河里，看着鱼儿自由自在地游去，心里畅快之极。

记忆最深的，当是上小学三年级的那次春游。班主任老师领着一帮小学生来到东沟子，我们像一群快乐的小鸟飞进树林子，高兴得手舞足蹈。老师领着我们做游戏，捉迷藏，林中“寻宝”……我穿了一件军装式的黄色上衣，腰间系一根小皮带，身背一只家兄从朝鲜战场带回的军用水壶，煞是威武。老师拿出画板，让我站在树丛下，用铅笔为我画了一张素描。这张画我一直珍藏着，时常拿出来向女儿们炫耀一番，更多的则是向她们讲述我的故乡，一个叫东沟子的地方。

春日，我回到阔别了半个世纪的东沟子。一幢幢崭新的砖瓦房连成一片，酒旗饭幌分外耀眼，风沙扑面而来，看不见一点绿色。东沟子确乎无影无踪，当年的河汊干涸了，好大的一片树林子消失了。然而，潺潺流水、花香鸟鸣却走不出我的梦境，那是一道永远的风景。

2001 年 5 月 3 日

西大河

呼兰河从铁力城西流过，当地人称之为西大河。我是在大河边长大的，久别归来，见水岂能无情。少年时代，我寄居在这个小镇，西大河常常流进我的梦境。夏天在河里洗澡、打水仗，冬天在河面滑冰、打陀螺，而最有趣的莫过于钓鱼、揽鱼了。

我第一次在大河里钓鱼，鱼竿是一根长柳条儿，鱼线是一根纳鞋底的细麻绳，鱼饵是蚯蚓。没有鱼漂儿，把钩甩进水里，估摸差不多了往上一拽，拽十回至少有两三回不落空，咬钩的大都是川丁子鱼，也有鲇鱼、嘎牙子鱼。那时河里的鱼太多，这边抱柴火在灶下生着火，那边现去河里钓鱼都赶趟，犹如探囊取物。

钓鱼毕竟钓不上来太大个的，便改为揽鱼。花两角钱买二十个大一点的鱼钩，分别拴在两根略粗一点的麻绳上，在板障子根儿挖一罐头瓶子蚯蚓，然后一根根串在鱼钩上。头一次揽鱼还闹出个笑话：那日傍黑儿，我正往鱼钩上穿鱼食，一群鸭子从河边回窝，打这儿经过，一见鱼钩上的美味佳肴，上去就吞，一下子钩住三四只，鸭子拖着鱼钩满院子乱窜乱叫，我顾了这只顾不了那只，急得出了一身大汗，多亏大人们闻声赶来，费了挺大劲儿，才把鱼钩从鸭子嘴里摘下来。我再不敢大意，把鱼钩挂在板障子上穿蚯蚓。

暮色降临，我约几个小伙伴，走了半里路程，来到铁路大桥北侧的水文观测站附近。这里河面宽阔，水深丈余，水溜不时打着旋涡。岸边，一大片树林子枝繁叶茂；身边，丛丛野玫瑰挂满红的、黄的小花，遍地皆是，花香袭人。我把两盘揽钩扔进河里，分别在揽钩的一端拴根木棍插进水中，选一棵大树当参照物，做下记号。

翌日天刚蒙蒙亮，我和小伙伴们来到河边起钩。一拉鱼线沉甸甸的，往起一拽，一条条活鱼脱水而出，鱼尾金光闪闪，在曙色中划出一道道银光。两盘揽钩挂上来十多条鲤鱼、虫虫鱼，大的足有二三斤。

不堪回首，大河今非昔比。鱼游走了，呼兰河脾气大改，时有出槽。两岸一片光秃秃，那片树林子没有了，柳条通亦荡然无存。放眼河滩，旱伞、阳伞花花绿绿，心头陡然升起莫名的悲哀。

2000 年 9 月 15 日

树殇

我的故乡在松花江北岸呼兰河西一个名叫小榆树的通衢集镇，后来改名为榆林镇。

昔日这里就颇为繁华，瑞福祥、三庆宫、天发合……商号林林总总，人如潮涌，车如水流，很容易让人联想起《清明上河图》。我虽未做过考证，但这地名更改却未离开榆字，想必与这榆树结下了不解之缘。

1958 年秋天，我随父母迁移到小兴安岭脚下的一个林业局，大学毕业后又回到大森林里来。树和林，伴我走过了半个世纪。像一只漂泊的小船，本是树海派出的使者，航行了一年又一年，终未越过沙滩的疆界。

三十年后一个飘雪的冬季，在大森林里一片伐木声中，我只身一人回到魂牵梦绕的这个地方。

车进乡界，看到远处的山冈有一棵高大孤独的老榆树，树干如铁，树伞擎天，饱经沧桑，顿时让我想起父亲。我的父亲就是站在这棵大树下，送我的长兄参军奔赴朝鲜战场的，亦曾送我上江南哈尔滨求学。手抚这慈父般的大树，泪水潸然流了下来。

我的家住在老辈人都称之为后烧锅的附近。离家时，这里有一片郁郁葱葱的树林子，全是榆树。每年春天，树上结满串串榆钱儿，熏风摇曳着浓浓的香甜，我和弟弟们爬上大树，骑在树杈上捋榆树钱儿和榆树叶，回家掺上苞米面蒸饽饽，度过了一个又一个饥年。而今，树林子没有了，榆树钱儿呢？皮之不存，毛将焉附！

儿时玩耍的这条大道，还是那么热闹，南来北往的行人蜂拥。道边的树木只鳞片爪，被淹没在人海之中。镇卫生院门前那两排大杨树想已谢世，却见不到它们的后代子孙。每年端午节，我和小伙伴曾站在这树下踮脚折几枝杨树枝儿，挂上纸叠的小葫芦，插在门楣上。那叶子翠绿翠绿，油光闪亮，照亮了全家人对美好生活的憧憬。

还乡最想看的莫过于我念书时的这所学堂。操场还是那么平坦宽阔，单杠、双杠和篮球场地还是在原来的那个位置，就连同学们课间喝水的水房子还在老地方，仍是旧时的模样。然而，学校四周密密麻麻的大榆树、大杨树踪影皆无，栽种的小树稀稀落落，只有碗口般粗细，枝叶在风中抖动。我忆起读书时秋天的落叶，树叶没过脚面，走在上边好像踩在金黄的绒毯之上。那树叶布满奇异的花纹，梗儿又粗壮又坚韧，同学们三三两两聚在一起用树梗儿“咬狗”比赛。

教室窗前的花圃依然健在，只是没有了那一面面挡风遮雨的榆树墙。每年谷雨时节，我常常在这树墙里栽花种花，暑假来这里锄草捉虫。风雨袭来，这树墙便成了花圃的守护神，花朵才得以盛开怒放。时至今日，那高过头顶的茂密榆墙，只能在梦中寻觅了。

这是我百年老榆和钻天白杨织就一道道瑰丽风景的故乡吗？置身于童年稔熟的大街小巷之中，我终于体味到一种叫悲怆的情绪。纪伯伦似乎说过这样一句话，如果一棵树也写自传的话，它不会不像一个民族的历史。一个叫小榆树又叫榆林镇的知名城镇，岁月如歌，如今只有镇，而无榆树或榆林了。

2000 年 11 月 30 日

百年老镇筋饼香

榆林镇坐落在松花江北、呼兰河西的兰西县境内。这个百年老镇物华天宝，人杰地灵。有据可考，从这里走出去的有县处级以上官衔的达百人。

当年小镇交通极为不便，到省城哈尔滨仅五十五公里，坐斗子车行大半日至对青山，再转乘每日一次的火车方可到达，阴天下雨或赶不上火车，就要走两天。尽管如此，多少年来这里店铺林立，繁华依旧。

二十世纪八十年代初，哈黑公路从老镇穿过，大路两侧的饭馆酒店如雨后春笋，家家户户烙筋饼，鲜红鲜红的酒帜饭幌映红老镇半边天。闻名遐迩的榆林镇筋饼火爆起来，北京、天津、大连、哈尔滨皆打出正宗榆林镇筋饼的品牌，有的饭店的店名干脆就叫榆林镇筋饼。

一个乍暖还寒的双休日，我偕友人从哈尔滨驱车来吃筋饼。同行的刘先生是此地人，不无骄傲地告诉我，榆林镇有个张记日杂商店无人不知，这家老板第一个买的电视机，第一个安装的电话，是这个镇改革开放后最早的个体户。接着友人还给我讲了一个故事。有一年，店掌柜的从新闻中得知松花江、呼兰河水上涨，镇上召开加修河堤的紧急会议，他站在街口，若无其事地和散会的人不断打招呼，寒暄一番后询问开会情况，回到家当夜给哈尔滨挂电话，迅速运来两大汽车铁锹、土篮、扁担，这些无疑成为修堤快货，当天就被抢购一空。接着，他组织家人烙筋饼，炒绿豆芽、土豆丝，一张张卷好，用手推车送往河堤，备受民工欢迎。半个月下来，他用挣来的这笔钱开了一个筋饼馆，他的后人在此基础上一步步发展，成为今日占地七百多平方米、全镇经营规模最大的老华新酒店。

或许是被这传奇色彩所吸引，我们来到这家饭店就餐。饭店豪华气派，环境优雅，墙上一张张装饰画尽是田园风光，很难相信一个乡镇酒店竟如此有品位。经理四十岁左右，名叫张玉军，虽然不善言谈，却朴实干练。我们要看看筋饼怎么烙的，他欣然把我们带进灶房。只见烙饼师傅面前放着一口大平锅，一个极平的大面板，手里握着一个用车床车得又光又亮的大擀面杖，而筋饼剂子只有饺子剂子般大小，一擀面杖下去即成椭圆状，然后用手压着饼边成圆形，放进平锅，眨眼即成。令人惊叹的是，油汪汪的筋饼比纸还薄，铺在报纸上，小五号字清晰可识。回到餐厅，我们点了四个菜，清炒绿豆芽、肉炒芥菜丝、油炸开河川丁子鱼、笨鸡炖蘑菇，都是当地特色菜。筋饼松软筋道，卷上双丝拌点小葱豆瓣酱，大爽其口，吃了十几张仍不愿放手。席间，问及筋饼源于何年，就餐的食客众说纷纭，莫衷一是。张经理回忆道，似始于老辈人为榆林镇大庙募捐一口铁铸大钟那年，大庙毁于“文革”，大钟现存呼兰河口新建的东林寺。兴致所及，我们驱车前往东林寺寻钟，大钟果然挂在大殿，颇似寒山寺钟，只是玲珑小巧，上边镌刻榆林镇三十余人名字，张姓居多，时为宣统二年，距今九十年矣。

百年老镇，百年筋饼，铁铸大钟可为见证。站在东林寺高处眺望，榆树镇历历在目。脚下的呼兰河从东奔流而来，大回转流入松花江，对岸的柳条丛涌向天边，初春的阳光下，山雀自由自在飞翔，或在林间嬉戏，或在行人脚下觅食。远山近树，江河辉映，真似一幅绝妙的水墨画，置身其中优哉游哉！同行五人无不感慨：“此行不比前几年途经这里去俄罗斯一日游逊色!”

2001 年 3 月 30 日于辽西兴城

走进威虎山

一部长篇小说《林海雪原》，一出京剧样板戏《智取威虎山》，使威虎山的名字世人皆知；而威虎山国家森林公园总面积居全国之首，怕是少有人知了。

我只知道威虎山位于黑龙江省柴河林业局境内，却不知道毗邻它的蜿蜒于崇山峻岭之间的百里莲花湖、三大峡谷、五大湖湾，亦不知道集山、峰、崖、洞、林、泉于一体的原始森林自然生态景观，更不知道这里有保护完好的两千八百多公顷的天然红松木树林，年产红松子七百五十余万斤。当年曾陷入“两危”（资源危机、经济危困）的森工林区复苏了，这不能不令我这个在小兴安岭工作生活了三十多年的老林业，感到莫大的欣慰。

初秋时节，我这个浪迹天涯的游子，又回到大森林的怀抱，沿着当年剿匪写下《林海雪原》的作家曲波的足迹，走进了闻名遐迩的威虎山。

汽车在蜿蜒的山路上平稳地行驶，我打开车窗，尽情呼吸湿漉漉的沁人肺腑的大森林气息。山道两侧的过伐林地，针阔混交的天然次生林，生长得十分茂盛。同行的林业局纪委书记王福祥告诉我，你看这林相，国家实行天然林保护，休养生息几十年，林子就是另一番景象了。兴奋之余，我禁不住活剥了一位诗人的一首短诗：重返大森林，心要蹦出怀，三十年后我又来，小树已成材。

就在我吟诗之际，开车的小张突然大声喊道：“快看，山上有鹿!”我向山上望去，只见一只梅花鹿在林间奔跑，身上的梅花，在树叶筛下的阳光下一闪一闪。这里是头道林场的东岭。多么好啊！温顺善良的动物回来了，再也不用担心人类的杀戮，更不用担心那温柔的目光面对狩猎者的枪口。

威虎山核心景区当是九寨了。九个寨子分布在山脚之下，四周古树参天，遍地异草奇花，鸟鸣山更幽。抗联遗址和杨子荣牺牲地就在此地。杰出的抗日民族英雄周保中，剿匪侦察英雄杨子荣……此刻，我耳边响起“朔风怒号，大雪飞扬，征马踟蹰，冷风侵入夜难眠。火烤胸前暖，风吹背后寒”的《露营之歌》，眼前驰过打虎上山的剿匪英雄的身影。茫茫林海，留下英雄们的行行战斗足迹，岁月带不走一个个那么熟悉的姓名。

走进威虎山，自然迫不及待想看看“威虎厅”，情景再现，口念“天王盖地虎，宝塔镇河妖”的经典台词，“重演”戏剧情节。威虎山寨，是柴河九寨中的一个寨子，由当地林场打造管理。刚踏进座山雕的山门，一个身穿翻毛羊皮大衣、戴着狗皮帽子的“土匪”迎了上来，把我们一行人引进“威虎厅”。“土匪”

把我让到蒙着虎皮的座山雕太师椅上，端起酒壶为我斟酒，我顺手举起桌上的酒盅。酒哗哗地倒进酒盅里，我的思绪一下子回到杨子荣舌战小炉匠的当年。虽然是在演戏，我的胸中似有汹涌的波涛，一阵阵冲击着心灵。“威虎厅”的这个“土匪”，吃在山上住在山上，是宏声林场的工人，几个月的旅游旺季，接待一批又一批游客，他却一天也没下山。我们见到他的住地，只一间简陋的小屋，一张简易的木板床，床下有一个编织袋子，装有半袋口粮。“土匪”说，这里山高林密，手机没有信号，十多天没和林场联系上了。虽然他没有菜吃了，却没有一点抱怨情绪。身边的王书记对“土匪”说，我告诉林场，尽快给你送点菜来，天一天天凉了，再给你送点烧酒。我这个山外人，被这位山里“土匪”的无私奉献深深打动，敬业精神让我钦佩。

我们顺着原路下山，满目绿色，花香鸟鸣，松涛阵阵，泉水淙淙，恍若置身于一个远离尘嚣的仙境。下山的路上，手机有信号了，我掩饰不住兴奋的心情，给身居闹市的朋友打电话，告诉他们我所见到的世外桃源。而王书记此时也在打电话，他告诉林场的领导，早一点上山去，给藏在大山褶皱里的坚守“威虎厅”的“土匪”送菜送酒。

2013 年 10 月 15 日

老 牛 倌

靠山屯人对老牛倌尊称牛爷。屯里知道老牛倌叫什么名字的人不多，可一提起牛爷，男女老少无人不知。

二十世纪七十年代，他从部队军马场复员回乡，一直放牛，一放就是三十多年。喜欢干这行，数年如一日，从未下过岗，这也够牛的啦！牛爷是屯里最老的党员，也是缴纳党费最积极的党员，他挂在嘴边的一句话就是：“党员处处走在前头，拖欠党费让人笑话！”不论党员还是群众，无不伸出大拇指。牛爷平时寡言少语，一说起放牛经，顿时两眼放光，来了精神，话匣子一打开，一泻千里，一时半晌刹不住闸。

一年四季，每天天刚放亮，牛爷就把他养的大小六七头牛赶到草甸子或山边子去放。春天来了，老牛在暖融融的阳光下吃草倒嚼，牛爷开始采野菜，常见的苣荬菜、婆婆丁、小根蒜不在话下，他采的山野菜尽是平常少见的，四季菜、猫爪子、山苞米，还有草蘑、扫帚蘑、雷窝子……他用一件雨衣包好，放在树根下荫凉的地方。放牛一回到家，一声吆喝：“分野菜了！”东邻给点儿，西舍给点儿，剩下一点儿所剩无几。“让大家尝尝鲜”，这是牛爷的口头禅，也是他几十年的习惯。到了冬天，大雪封门，牛照放不误，把牛群赶到野地里，让牛吃大地里割剩的秆棵。

牛爷有副好嗓子，不论春夏秋冬，一边放牛一边唱歌，越唱越好，绝对原生态。唱得最拿手的当属那首“蓝蓝的天上白云飘”，感情饱满，字正腔圆，连学校教音乐的老师都说，牛爷要是上中央电视台的《星光大道》或春晚，说不定能火一把。牛爷不以为然，不好意思道：“见笑了，我唱歌就是为了乐和。”

牛爷还有一个爱好——喝酒，天天都喝。早上天还没放亮，他从炕上一骨碌爬起来，既不让家人为他做饭，也不开电灯，自己蹑手蹑脚弄点饭菜，从一个大塑料桶里倒上一碗劣质白酒，有滋有味地喝将下去，然后赶牛上山。凉酒冷菜，牛爷竟没有落下毛病，儿子说，老爸有个坚实的胃，牛爷却说，乐和能治百病。

似乎约定俗成，每当过年，牛爷家里都要杀一口肥猪，各家各户应邀派代表赴宴吃猪肉。这时的牛爷，神采飞扬，脸上笑开了花，那个乐和劲儿就甭提了。他从箱子底儿找出平时舍不得喝的铁盒茉莉花茶，从炕柜里拿出平时从来不肯喝的瓶装好白酒，招待众乡亲。一边让酒一边自言自语地说：“一年忙到头，大伙聚在一起，不容易，咱们日子好过了，就得多找乐和！”

牛爷放牛离家不远，有时回来吃晌午饭，在路上常遇见屯里那个摇手摇车的残疾人，便与其家长里短地唠嗑。一日，牛爷顺路搭乘一台农用四轮子回屯里，半道突然让司机停车，司机不知发生了什么事。只见牛爷从车上跳下来，三步并作两步，径直往大下坡奔跑。原来，那个残疾人摇着手摇车正准备爬坡，牛爷赶过去，从后面连人带车推上坡顶。开四轮子的小青年大惑不解，感慨道：“牛爷你咋啥心都操啊?”牛爷嘿嘿一笑道：“能帮一把就帮一把，大家和睦相处，自己也乐和!”

要说不乐和的事，牛爷也有，那就是卖牛。小牛饲养成老牛，不卖也不行。买牛人牵着溜光水滑的老牛，老牛拧着不肯走。牛爷见状，爱抚地轻轻拍拍牛头，老牛仰脸见主人掉眼泪了，才依依不舍地迈动脚步，跟着买牛人乖乖地走了。牛爷一连难受了好几天，缓不过劲儿来。

不论屯里屯外，只要提起老牛倌，人人交口称赞，无一不说，不像有的人装横装牛，咱们牛爷，活得乐和，那才叫牛!

2016 年 3 月 3 日

冬日山里运柱石

初三那年寒假，听说小兴安岭的桃山林区往山外运柱脚石，从采石场运到火车站，一块四角钱。这个消息似一块巨大的磁石，深深地吸引着我，不管三七二十一，我背着母亲，和弟弟偷偷进了山。

采石场当地没有工棚子住，只好住在离石场一站地的大表哥家。表哥是木匠，又会铁活儿，特意赶制出一副坚固的铁爬犁。每天，弟弟拎着装有高粱米饭、咸盐豆的饭盒子，我背着爬犁，哥俩儿坐小客车来回通勤。

铁路线到运石场有十里地，没有路，越过大雪覆盖的一道道沟壑，一条条小河，几十副爬犁，在林海雪原之中硬是蹚出一条弯弯曲曲的雪路来。方方正正的柱脚石块，堆积如山，道边有许多码起的柱石垛，上面用红颜色画上杠杠，示意有主了。我们穿过一座座石垛，到里边去拉散装柱石。

用爬犁拉运柱石的大都是妇女、儿童，每块石头有六七十斤重，一副爬犁只能拉几块，装一块至少得两人往上抬。大家互不认识，却默默地互相帮着装，半路上谁的爬犁翻了，都主动停下来，互相帮着往上抬，没有一个人说“谢谢”之类的客套话，大家仿佛是一家人。

近处的柱脚石渐渐运光，画红杠杠的柱石垛仍然无人来运，尽管石垛还不能算有归属，但没有一个人去动，宁可多走几里路，都自觉自愿，恪守规则。

冒着零下三十几度的严寒，拉着爬犁，个个干得很起劲儿。我和弟弟干脆摘掉皮帽子，头上腾腾直冒热气，汗水滴淌下来，在脚脖子上结成冰碴，脚上穿的鞋子冻得像铁板一样。弟弟滑倒了，好几个人赶忙跑过来搀扶一把。

晌午饿了，大伙儿找个避风处，坐在一起，啃着冻得硬邦邦的玉米面大饼子、高粱米饭，渴了，捧起一把身边的雪。谁没带午饭，都争着抢着分给他一点；谁带了差样儿的咸菜，相互尝一尝。没有人提议拢火取暖，烤烤干粮，没有人放树砍木头顺便捎回家去，人们不是有保护森林资源的意识，而是都懂得林子是国家的，不能随便动一草一木。

暮色降临，淡蓝色的炊烟从林区小站袅袅升起。这时，劳累了一天的百十号人，疲惫地来到领款处，收获当日挣得的几块钱。爬犁排着队，人们排着队，秩序井然，都累、都饿、都冷、都急着赶路回家。我惊异地发现，这些穿着不整的焦急的人，慢慢向前挪动，听不到抱怨声，没有一个争抢的加楔之人。

2000 年 5 月 28 日

1959 年的那个春节

1958 年“大跃进”，这是一个狂热的年代。城市，全民大炼钢铁，大小土高炉遍地开花；农村，男女老少深翻地放卫星，亩产万斤粮……那时，我家在松花江北岸兰西县榆林镇开一个小杂货铺，小本经营，卖点烟酒糕点、日用杂货。公私合营的浪潮卷来，镇上十几家店铺合并成一家大综合商店，留下三四家有点经济实力的，其余各户一律分流到各村屯去开小卖部，我家被发落到距镇上十二里地的牛家窝棚，并被勒令限期搬家。父母亲商量，如果下屯，孩子全都得辍学，只有去铁力林区投亲了。就这样，一家五口人，在一个寒风凛冽的拂晓，一辆老牛车拉着两个破木板箱子装就的行李，还有用旧棉絮包裹的五六十个鸡蛋，离开了老家。这一年，我十三岁，弟弟十岁，妹妹只有七岁。

在小兴安岭林区铁力火车站附近，我家在父亲的朋友家院里一间小草房安顿下来，母亲将带来的鸡蛋全部送给了要临产的房东。眼看要过年了，家里任啥没有。买什么东西都要票证，副食品奇缺。父母亲没有工作，户口还没落下，既无钱也无票证，母亲急得不行。到了腊月三十，家有三个孩子的长兄，出差从外地回来，送来几块钱和一块肉，母亲没有挽留，让他赶紧赶回家和老婆孩子过年。母亲给了我两角钱，让我去八里之外的县城买几棵白菜，好年夜包饺子。她对我说，一年忙到头，再难今儿晚也得吃顿饱饭。我领着弟弟去街里转了一大圈，人们都回家过年去了，跑遍了大街小巷，也没买到一棵白菜。在一位老大爷的指点下，我们兄弟俩又走了几里路，在一个农户家买了几棵酸菜，也算不辱使命，完成了母亲交办的任务。少年不知愁滋味。此刻，我想起在老家过年的情景，贴对联，放鞭炮，供灶王爷，和小伙伴提着灯笼疯跑；搬到这个陌生的县城，一切都那么新鲜，到处是大木头，堆积如山的木样子，还有冒着白烟的森林小火车。我和弟弟顺手在地上捡了根小木方，抬着一个破水桶里装着的酸菜，别提心里有多高兴。全家终于能吃上这顿饺子了，我情不自禁地放声歌唱在新学校刚学会的《远航归来》这首歌。“祖国的河山遥遥在望，袅袅的炊烟招手唤儿郎……”

刚迈进家门槛儿，看见家里来了三个人，两个大人领着一个六七岁的小女孩，大包小裹，风尘仆仆，像闯关东逃荒似的。原来是山东老家一个村的远房亲戚，火车误点，换乘开往山上的森林小火车没赶上，回不了林场，知道我家新搬来，住在车站跟前，一路打听，找到我家，哪里知道我家眼下这般艰难。看来，晚上得住在这里了。住，可以在一铺炕上挤挤，吃什么呢？我不知下步该怎么办，心里暗暗叫苦，用当时流行的一句外交辞令，我视他们为“不受欢迎的人”。可这时的母亲却喜出望外，忙给孩子脱衣服脱鞋，把她抱到炕头，盖上被子。然后，母亲一边和他们说话，一边开始和面，让我赶紧把酸菜从桶里捞出来，准备包饺子。表哥一家看到我家这情况执意要去住旅店，母亲苦苦挽留：“无论如何不能走，一起吃顿年夜饭，在我家过年。”她话语十分恳切地说，“你们如果走了，我们也过不好这个年！”母亲的举动，对我幼小的心灵产生如此之大的震撼，心里的不情愿顿时化为乌有。我忙拎起小斧劈柴生火，帮母亲做饭。两家人在窄小的茅草屋里，放上炕桌，围坐在一起包饺子，叙乡情，拉家常。这顿年夜饭，吃得有尊有让，其乐融融。按照母亲的叮嘱，我吃了几个饺子便下桌了，领着弟弟、妹妹高高兴兴出去玩。

母亲的老家在曲阜，和孔子是同乡。她没有上过学堂读过书，但却深明大义，在其身边生活的日子里，她常常引用《三字经》《弟子规》，或讲述经典古戏文，举有情有义之人为榜样。如果说我能学得一点点，尚能善待他人，哪怕是对讨饭的乞丐，都是母亲的言传身教使然。日后，每当提及过年这件事，她总是说，最难风雨故人来，那时候咱们家过得穷困潦倒，有人来看看，那是亲情，得感谢人家！其时，母亲未必会想到施恩图报，然而，在接下来的“三年困难时期”，我的这个老表，吃的用的经常接济贴补我家，1970年我结婚时，竟寄来五十元钱，这相当于当时四级技工一个月的工资。

往事未必雨打风吹去。半个世纪过去了，大年三十儿这顿年夜饭，在我的记忆中打上深深的烙印。那顿饺子，我虽然连半饱都没吃上，但是，母亲在1959年的这个春节，却给我上了一生中极其重要的一课，她当是我如何做人的启蒙老师。

2016年11月11日

北方“山神”

半个世纪以来，马永顺的名字始终是和大森林紧密联系在一起的。

这位全国著名劳动模范，新中国第一代伐木工人，可谓林业老英雄矣。1948 年，他只身来到东北林区的铁力林业局，如今依然为这片大青山奋斗拼搏不息。当年，他以忘我的劳动热情，一个人完成了六个人的工作量，一道弯把锯，威震兴安岭，创造了全国手工伐木产量之最，为国家经济建设和抗美援朝，做出了不可磨灭的历史性贡献。他先后创立的“安全伐木法”“四季锉锯法”，成为全国手工伐木的教科书。新中国成立后，他多次受到毛主席以及其他党和国家领导人的亲切接见，多次荣获市、省、全国劳动模范等光荣称号。早在二十世纪五十年代，他的事迹就被编成教材，选入中小学生的课本，家喻户晓。退休之后，这位经霜不凋的苍松、振鬣奋蹄的奔马，虽已暮年，壮心不已！他念念不忘周恩来总理“青山常在，永续利用”的教导，决不坐享清福，带领全家人上山植树造林，立志有生之年把四十多年采伐的三万六千五百多棵树全部补栽上，偿还历史“欠账”。这虽无惊天地泣鬼神般轰轰烈烈，却是何等感人至深的壮举！

江泽民总书记高度赞扬马永顺了不起，并向这位老劳模致以亲切的问候；黑龙江省委、省政府主要领导多次到马永顺家中，看望这位耄耋之年的老英雄。这是一位有血有肉活生生的传奇式人物，亦是我们神奇美丽的东北亚大森林中一位可敬可爱的“山神”。

1959年，在全国群英会上，马永顺受到了周恩来总理的亲切接见。周总理说：“你们林业工人不但要多生产木材，还要多栽树，实现‘青山常在，永续利用’。”马永顺牢牢记住了周总理的教导，从北京回来，目睹所在地区出现的荒山秃岭，深感不安，决心在“多栽树”上做出新贡献。一直安心从事伐木生产的马永顺，找到林场场长，要求上山造林。场长说：“植树造林是营林工人的事，你采伐经验丰富，就一心搞好木材生产吧。”马永顺手一摆说：“周总理握住我的手，要我多栽树。我满口答应了，哪能回来就站在一旁看热闹呢?”于是，他每天清晨上山，赶在正式上工前栽几棵。中午不休息，也要栽几棵。傍晚，小兴安岭天黑得晚，他也抓紧时间去栽树。

看到林区生态环境不断恶化，水土严重流失，松花江、呼兰河时有泛滥，马永顺寝食不安。他不止一次地对场长说：“近来我常常琢磨，小兴安岭伐得多，造得少，生态失衡，我也有责任。因为我过去采伐的树比谁都多。”场长摇摇头说：“你过去根据上级的部署，多采伐木材支援国家建设，是正确的。林区生态失衡，是多方面原因造成的，哪能让伐木工负责呢!”

马永顺望着一片伐光了的远山，感慨地说：“虽不能要伐木工负责，可我总觉得我欠下大山一笔‘账’啊。我计算了一下，我以前采伐了三万六千多棵树，今天我要上山栽树，还上这笔欠账。”场长感动地握住马永顺的手说：“你对子孙、对未来高度负责的精神十分可贵，可是你是林业战线的功臣，没有欠账，用不着栽树还账!”马永顺大手一挥，坚定地说：“你说不欠账，可我一定当成一笔账来还!”从这以后，在每年春季造林的战场上，常常看到马永顺那高大的身影……

1982 年，年事已高的马永顺光荣地退休了。朋友亲戚劝他在家好好歇一歇，没事钓钓鱼，打打麻将。马永顺笑了，说：“你们劝我老有所乐，这很好。可有笔账我还没有还完，还要继续和大山打交道。”原来，马永顺在岗时，虽然坚持植树造林，还采伐欠账，但是由于是义务劳动，大多是在工余时间干的，退休时他一计算，还差八千棵没有还上。朋友和家人见他年岁大了，腿脚不灵便了，劝他不要再上山造林了。可马永顺不听劝阻，每年春天都上山参加造林。

一次，马永顺去鹿鸣林场造林，场长对他说：“造林小号离林场太远，还要过一条河。你一定要植树，就在林场房前屋后栽一些吧。”马永顺不住地摇头说：“我以前都是在大山上伐的树，欠的是大山的账，在房前屋后植树不算数。”说着就大步流星地走在造林的队伍里。

前边一条小河挡住了去路，河上横着一根倒木，青年人踩着倒木过去了，马永顺扛着一捆树苗，一步一步踏着倒木向对岸走去。快到对岸了，脚下一滑，掉进河里，被水冲出十多米远，衣服湿个精透，可一捆树苗却没撒手。他爬上岸，人们劝他回去休息，换换衣服，马永顺拧一拧衣服上的水说："没关系，风一吹就干了。"便头也不回地往山上走去，坚持把带去的树苗全栽完了。

马永顺由于受了风寒感冒了，回到家里，老伴王继荣心疼地说："可别再去逞能了，你一定要把账还完，就让子女们帮你一把吧。"马永顺心想，过去与自己常在一起开会的王进喜、孟泰等老劳模一个个谢世了，自己也蜡头不高了，如能让子女们帮助还上欠账，不仅可以实现自己的心愿，还可以促进家里人为实现青山常在做贡献。于是，他用赞许的目光瞧着老伴说："我同意你的意见。"

1991 年初，七十八岁高龄的马永顺掐指一算，还有一千棵树没有还完欠账。5 月 1 日，正当人们沉浸在节日的欢乐之中，马永顺率领一家三代人组成的"马家军"十六口人，上山植树造林。奋战一天，一家人共栽了落叶松树苗一千五百棵。多年的"欠账"还清了，马永顺的夙愿实现了，许多老工人劝马永顺："这回你该在家里享享清福了吧？"马永顺头一摇，神秘地笑着说："我让全家人上山造林，是怕自己有个三长两短的还不完账，如今还完了，那是人家替还的。为了实现青山常在，我决定每年都率全家人上山造林。只要我呼吸不停，就造林不止。"老马说到做到，从此，“马家军”年年都为大山添新绿，1992 年到 1998 年 5 月，又栽树近万株。

马永顺造林还账，在林区产生了轰动效应。职工们学英雄见行动，纷纷利用节假日和工余时间营造劳模林、青年林、少年林，促进了当地林业的发展。1994 年 9 月，黑龙江省领导向江泽民总书记汇报工作时，介绍了马永顺的事迹，江总书记高兴地称赞说：“马永顺了不起，请代我向他问候！”消息传来，马永顺激动万分，立即把子女们找来开家庭会，讨论如何再做新贡献。会上决定，在山上建立固定的“马永顺林”育林基地，子子孙孙一代一代传下去，长期在基地上植树造林。省长来看望马永顺，称赞这个做法好，挥笔写下“马永顺林”四个大字。伊春市委和铁力林业局党委在马永顺育林基地上制作了一块纪念碑，把省长写的“马永顺林”镌刻在上面，吸引许多人前来参观，纷纷学习马永顺无私奉献的精神。

6 月 12 日，马永顺从莫斯科参加 1998 年全球环保五百佳颁奖典礼归来，在哈尔滨花园村受到隆重接待。马永顺向省委、省政府主要领导表示：“荣获联合国环保奖，是我们国家的光荣。这次赴俄罗斯领奖，我大开眼界，受的教育太大了！我决心率全家人办生态工程林，实行科学育林、标准化管理，让子孙一代一代接好我造林的班！”

1998 年 10 月于哈尔滨

放下你的板斧

松花江似一条放荡不羁的蛟龙，在东北大地横冲直撞。人民子弟兵用生命之躯，浴血奋战，保卫我们的土地，我们的家园，我们美丽的都市哈尔滨。

从电视里一次次目睹保卫战的真实场景，一次次聆听军民携手保家园的动人故事，眼里时时涌出激动不已的泪水。此时，我的思绪起起落落，想得很多，想得很远。

那年端午节，人们纷纷到郊外踏青。并非罗曼蒂克，而是我和家人商议后，携两只养了一年多的苏雀，回到家乡的呼兰河畔放生，让这对野生的小鸟儿回到自由的天地，让它们去寻觅我童年时代大自然营造的乐园。

令人难以置信，呼兰河还是那条河，土地还是那片土地，可是岸边的树木不见了，就连儿时的灌木丛也荡然无存。渡过河去，才有一点稀疏得可怜的柳树条在那儿无精打采地摇曳。将鸟儿从笼中放出，两只小精灵只飞了几圈，又不情愿地回到笼边，怔怔地看着，叽叽的叫声似在发问：这里是不是我们的家园？

当我把笼子里的米撒在地上，它们没有去啄食，仍怔怔地望着，久久不肯飞离，我的心中一阵阵酸楚。

清明时节，我去小兴安岭给父母扫墓。墓地在一座小山上，当年山上栽种的针叶、阔叶林郁郁葱葱。没有料到的是，此时山下开荒种地竟开到山坡之上，满目树林全被砍掉，眼见仅存的一点人工林行将被全部吞食。“存者且偷生，死者长已矣！”急功近利者，挥动起板斧，哪管逝者的安宁！

已近三月，大地回春。海滨一位白发苍苍的老人下了汽车，看见住地门前的一棵小油松树苗被人踩倒，不顾鞍马劳顿，立即让人找来工具，将小树扶正，用土培好，又在四周挖了防护沟，这才回房间休息。此人是国家林业部一位离休老部长。这件小事，对我的心灵产生强烈的震撼，每当想起，便涌起一阵阵冲动。

面对滔滔洪水，面对日夜奋战蛟龙的大军，那些举起板斧挥向树木的人们哪，可曾想过水土因你而流失，灾难因你而步步逼向家园，蛟龙因你而肆虐？

想起远去的森林和触目惊心的盗砍盗伐，大片大片的林地变成荒漠，植被破坏，泥沙淤积，行洪不畅，尽管造成洪水泛滥的原因种种，有谁可以否定——没有树木是一个重要原因。

我，一个大森林人，对此有切肤之痛：不要过分陶醉于我们人类对自然界的胜利。每一次这样的胜利，自然界都对我们进行报复。如果我们每一个人都像林业部老部长张世军那样爱树如子，那该是何等景象！

人们有一万条理由大声疾呼：伐木者，放下你的板斧！

1998年9月洪水过后

大帅别墅话温泉

兴城的温泉闻名遐迩。到兴城的当天，当地的朋友便拉我去洗温泉澡。

朋友带我去的是铁路疗养院。一来这是最早使用温泉的一家疗养院，院内有天然矿泉井；二来这里曾是张作霖的疗养别墅，当年的建筑保存得相当完好。

这是一座小巧玲珑、工艺精湛的别墅，大墙围着一幢两层红楼，设有门厅、前厅、后厅等三层套院，仿照了东洋的格局，也有西方的风韵，还有我国的传统建筑手法。别墅于 1920 年兴建，建成后张作霖却不曾来过，在这里住过的据说倒是少帅和赵四小姐。

院内的那口温泉井，共有九穴，团团热雾从井中冉冉升起。我们走上井台，只见不少游客正试着把鸡蛋用绳子吊着放到泉井里，不一会儿，鸡蛋就熟了，十分有趣。朋友向我介绍说，温泉古称汤泉，这个温泉井是由于地下熔岩作用形成的天然矿泉，属高热放射性食盐泉。泉水无色无味，清澈透明，水温七十度左右，酸碱度为七点四度。泉水中含有钾、钠、钙、镁、硫黄等多种矿物质，还有氡气，是一种放射性元素。兴城温泉中的氡气含量适度，不但对人体无害，反而有较高的疗效。温泉水治疗疾病，有浸浴、冲浴、口服多种方法，但以浸浴为主，浸浴可以治疗风湿性关节炎、大骨节病、神经衰弱、高血压、慢性妇科病、皮肤病等多种疾病。据说，一千三百年前，古人便发现了温泉，近百年来被广泛利用，现在兴城共有十四个出水井点，每天提水一千八百吨。

说到这里，朋友又给我讲起一个故事。相传乾隆年间，乾隆皇帝东巡去盛京（今沈阳），路经宁远州（即兴城）。知州臧根蒿作为地方官，很想向乾隆皇帝表达自己的一片忠心，于是，便请乾隆帝到汤泉沐浴，以解旅途之劳顿。没料到，乾隆随驾宠臣和珅在旁拦驾："我主切莫听信妖言，主乃龙体，怎能入汤！臧根蒿有欺君之罪。"平日非常宠信和珅的乾隆，听了这话，勃然大怒："臧根蒿胆大包天，竟敢与朕相戏，来人，与朕拉将下去！"武士们将臧根蒿的头砍下，不想尸体竟挺立不倒。众人知道臧死得冤枉，特给他立了一块有碑身没有碑额的石碑，为其鸣冤后世，人们称它无头碑，上刻"皇清诰赠奉置大夫知宁远州事臧公讳根蒿之墓，乾隆四十四年五月立"。事情真假难说，碑确有这么一块。关于这块碑还有另一个说法，说乾隆皇帝后来巡视别处，终于洗过了温泉，舒服了一场，才想起曾在宁远州因汤泉之事错杀了一个知州，便下旨为臧根蒿立下一块碑。

故事听来好笑，但在兴城能洗个温泉浴，确实妙不可言。我痛痛快快洗了个够，顿觉心旷神怡，周身清爽。蒙古族牧民把温泉当“圣水”，说它能医治百病，每年端午节前后结伴而来，有的还携儿带女来这里用“圣水”净身。到了温泉，蒙古族同胞总是自己先喝点品尝一番，临走时还要装上几瓶带回大草原哩！

1984 年夏日于兴城

劝君莫忘登首山

到兴城旅游的人，大多对海怀有兴趣，但是，劝君莫忘登首山。海边的山，自有她的一番情趣。

我在《人民日报》上曾发表过一首《首山吟》：

哪是众山首，
静思倍愧羞。
未曾做过飞天的梦，
只是一座普通山丘。

不似泰山雄伟，
却有骨骼肌肉，
怀抱山花，守护种子，
松涛是生命交响曲的伴奏。

不似黄山瑰丽，
亦有彩云行走，
观日出日落，
白帆飘进海市蜃楼。

心和大地相连，
日月把性格铸就，
倾听大海呼唤，
化一只鼓浪的海鸥……

首山离城只有五华里，是一座景色秀丽、青松翠柏覆盖的山。远眺，她像一位卧睡的美人，端庄的额头，俊俏的姿容，娴静秀美，而那盘山公路，恰似她翩翩起舞的腰间飘带。山上三峰并立，每当轻云薄雾缭绕三峰时，即呈现“三首云冠”的佳景，是兴城八景之一。

首山的高度并不出奇，海拔只有三百三十米，但她是在一片平缓之地猛地拔出的一座山，山势险峻，怪石嶙峋。

关于她的来历，流传着许多美丽的神话。相传很久以前，海边住着一对相爱的男女。小伙子叫首山，姑娘叫菊花。他们每天摇着船，唱着歌，一起下海捕鱼。独角龙王十分嫉妒，来抢美丽聪明的菊花为妾。首山、菊花和众乡亲整船备剑，赴海迎战。独角龙王搅起滔天大浪要把众乡亲吞没。菊花姑娘为了阻挡巨浪，奋不顾身，投入大海，化作一座岛屿。首山奋力拼杀，终于挥剑砍下恶龙的首级，自己却负了重伤，归途中，一路呼唤菊花的首山牺牲了，在他倒下的地方，耸立起一座山峰，这就是首山。

巍峨的首山和秀丽的菊花岛从此隔海相望。

首山主峰上筑有烽火台，条石青砖砌成。古时军情紧急时，可做举火燃烟报警之用。因其地处险要，居高临下，扼守辽西走廊通道，古往今来，被兵家视为军事要地。

首山还是兴城的旅游佳境。《宁远州志》载：山东南坡有泉形成瀑布，称之“三首悬流”；《兴城县志》记述：山之西北麓朝阳寺，寺东坡漫植桃樱，报春鲜花，掩映登山石径。每当春日，朝霞初放，登上寺庙山门阶石，观沧海，望温泉，称之“朝霞赏春”。可惜瀑布、古寺均已无存，但重修之朝阳寺，香火依然。

这里自然景色还是很美，松柏叠嶂，郁郁葱葱，五角松林，像嵌挂山间的绿色玉佩，擢秀于青峰之上，拔萃于绿丛之中，真可谓：“松抛山面重重翠，三峰青插碧碧天。”

登顶远眺，海水碧蓝，沙滩金黄，亭桥连礁，楼阁映辉；极目菊花岛，海天一色，岛如珠玉镶嵌在万顷碧波之中。观海上日出，这里也是最好的地方。总之，只要登上首山，兴城的美景皆一览无余，尽收眼底。

1984 年夏日于兴城

朝鲜战场历险记

一

为了响应毛主席和党中央“保家卫国”的号召，我毅然报名参加抗美援朝战勤工作。回到家中告知二老说：“我报名参加了抗美援朝，已批准赴朝参战，我要走了。”父母听后，态度很平静，没有说什么。停了一会儿，他们只对我说了一句话：“能为国尽忠很好，忠孝不能两全，你去吧!”

铁力县组织了一支六十人的抗美援朝担架队，编入黑龙江省民工战勤第十大队。1950 年 11 月 20 日，我们开到丹东集合。夜里 10 点，步行通过鸭绿江大铁桥，进入朝鲜境内，跟随沈阳军区炮兵一师参战。

夜黑森森的，一路之上，硝烟弥漫，战火燃烧，朝鲜的城市与乡村，到处是废墟。一位朝鲜老大爷告诉我们说，中青年男女都到前线打美国鬼子去了……

这天夜里，星月无光，要下雪了。敌机在天空嚎叫着，寻找轰炸扫射的目标。天空悬挂着照明弹，照得大地如同白天。清川江大铁桥已被敌机炸得七扭八歪，躺在封冻的江中，七零八碎，冰块互相撞击发出“咔嚓咔嚓”的响声顺流而下。我们的工兵在零下三十多度的刺骨的江水中，冒着敌机的轰炸和扫射，架起了临时浮桥，我们以最快的速度跑过浮桥。各条道路上，志愿军队伍和炮车、汽车蜂拥向南挺进。这时接到一项命令，叫我到定州附近某地联络粮食，我立即带领通讯员崔振均（朝鲜族）出发了。

天放亮时，我俩来到定州，准备穿过街内，到后山去找人民军粮食供给站。走不远，听到飞机由远而近的嗡嗡声，抬头一看天空，从云层中出现二十四架重型轰炸机，护航战斗机冒着白烟在高空盘旋，霎时敌机像下蛋一样，劈头盖顶往下扔炸弹，一排排炸弹投到定州街内。强烈的爆炸声震耳欲聋，一片烟云火海，弹皮在耳边铮铮直响，气浪将尘土扬起老高，立即扑过来一股呛人的气浪，使人喘不过气来。距离我俩二三百米，敌机把炸弹投完了，转头向南飞去。夜里 12 点，天空升起三颗红色信号弹，这是指挥部发出战斗进攻的命令，我军大炮猛轰敌人山头阵地。我连在炮火和机关枪的掩护下，向敌占山头猛攻。敌人的探照灯、照明弹一齐发出刺眼的光柱，敌机投下的炸弹，炸起江水柱和冰块有十多丈高，唰唰地泼下来。喊杀声、枪炮声响成一片，我连迅速攻占了敌人山头阵地。当时天空正下着大雪，战士们衣服有的被江水湿透了，西北风一吹结了冰，哗啦啦直响，成了银白色盔甲，在照明弹的光亮照射下，闪闪发光。山上敌人看见我们的战士冲上来，乱作一团，吓得叽里哇啦直叫喊。战斗短兵相接，白刃格斗，我们的战士像猛虎一样，杀红了眼。打扫战场时，看见有的战士用刺刀把敌人刺死，刺刀未能拔出来，拄着枪瞪着双眼站立在那里；有的伤员已经冻僵了，只得用刺刀挑开他们的棉衣和棉胶鞋，用棉被包上抬了下去。

夏季的一天，我和联络员崔正基（朝鲜族），到铁原人民军后勤供应站，联系吃粮。天放晴时，天空传来了嗡嗡声，抬头一看，四架轻型轰炸机开始向铁原投弹，浓烟滚滚，火柱冲天。突然两架野马式敌机低空飞行，不远处有一座早被敌机炸毁的旧草房，在那里斜歪着，我俩便向那儿跑去。敌机飞过来了，在破草房上空飞了一圈就飞走了。距离此房五十多米有一个壕沟，上边长些蒿草，我说声跟我来，向壕沟跑去。刚刚趴在沟里，那两架野马式敌机飞回来了，直向破草房俯冲过来，头一架敌机哗哗扫了一排子弹，第二架投下一个汽油桶，轰的一声，小破草房立刻变成了火海。敌机转头飞走，我俩快步向后山奔跑。

从铁原回到驻地，已经是夜里9点多钟了，便连夜带领三辆汽车和装粮的民工出发了。我们坐车来到铁原附近一个不知名的山洞，刚把粮食装上汽车，从东山边打出两颗红色信号弹，不一会儿敌机就来了，向山洞口打了几炮，又开始扫射。子弹像暴风雨一样，我身旁有两名民工倒下了。等敌机飞走，我命令各车清点人数，上车出发。这时从东山根又打出一红一绿两颗信号弹，我气急了，抬手向发信号弹处打了三枪。

夜间行车时和驾驶员约定，我站在头车驾驶楼后面指挥行驶，来飞机时向驾驶楼拍打三下，闭灯缓行。飞机投照明弹时，借亮加速快行，听敌机发出的声音来判断，敌机投弹或扫射时，拍打两下，停车防空。就这样同敌机周旋了半夜。快到驻地了，发现道路上有一片三角钉，尖头向上，这是敌机撒的，真是黔驴技穷，我命令民工下车捡铁钉，黎明前，安全地把粮食运到了驻地。

二

第五次战役刚刚结束，民工十大队从汉江附近返回后方调整。战争的形势发生了变化，直觉告诉我，敌人的战斗气焰开始消沉了。这时我们的飞机和高射炮出动了。敌机不那么疯狂了，有时也来骚扰，盲目扫射或投弹后，便慌忙转头向南方飞去。

一天中午，几个中队干部正谈论前线发生的事情，忽然听到敌机嗡嗡声。我判断敌机是奔江桥这个目标来的，忙从房中走出来，抬头一看，天空有四架轻型轰炸机，在战斗机的护航下，从高空向下俯冲。地面高射炮和高射机枪一齐向敌机开火，高射炮弹在天空爆炸，炸出团团白烟，敌机上蹿下冲，左右盘旋，企图冲出高射炮火的包围，将携带的炸弹一股脑投到江里。这时看到有架飞机中弹了，冒着黑烟逃去，又一架中弹起火，在空中爆炸，一个驾驶员跳伞了，空中悬挂着一个白色的降落伞，向后山飘去。我忙到屋里抓起枪向外就跑，一不小心，头撞在门框上，嗡的一声，两眼直冒金星，一下坐在炕上，清醒过来后，用手一摸，头上撞了鸡蛋大的一个包。我站了起来，不顾头疼，向对面的后山跑去。在后山不远的一棵大树上，美国鬼子的降落伞被树枝挂住，随风一起一伏地飘动着。我冲到降落伞的跟前，不见人影，美国鬼子逃跑了。我借着树木掩护，向山里找去。这时志愿军、民工、朝鲜群众拿着武器冲进山来。忽见山头上空出现一架直升机，慢慢在山顶盘旋，不一会儿看见从直升机上放下一个软梯，这是准备把驾驶员救走。怎么办？时间不容人，我抬手向直升机“嗒嗒”打了两枪，同时各处的枪也响了起来，一齐向直升机开了火。敌人的直升机害怕了，迅速升高，夹着尾巴向南逃去。

我怀着对美国飞贼的仇恨，向山里头寻找敌机飞行员。忽然发现亮光一闪，我忙隐蔽到一棵大树后面，仔细向前面观察，是美国飞行员对空中联系的信号板发光。这个美国鬼子像个大肥猪，足有二百多斤，背靠着大树坐着，像只受惊的兔子，东张西望，准备逃走。我忙靠在一棵大树后面，把枪架起来，要将鬼子击毙，突然一名志愿军战士冲了过去，大喊一声：“缴枪不杀！”美国鬼子慌慌张张跪在地上，忙举起拿枪的双手，嘴里叽里咕噜不知说些什么。我忙跑过去，狠狠踹了他一脚，嘴里骂了一句：“飞贼，看你还猖狂不！”一位志愿军走过来对我说：“同志，咱们优待俘虏。”几名志愿军战友把飞贼押走了。

三

秋雨连绵，马拉大炮带来一些困难，山高路滑，按指挥部指定的时间很难到达目的地。困难吓不倒我们，用人推大炮上山，把大炮拆开抬着走，按时到达了指定地点。

战斗打响了，我们的大炮发出轰隆隆的响声，一排排闪着电光的炮弹飞向敌群，轻重机枪和各种武器向敌人开火，前沿阵地的战士向敌人发起了猛攻。敌机在天空干嚎着，不敢投弹和扫射。敌人的防线被突破了，南逃的敌人溃不成军，大号大叫，丢下尸体和伤员，没命似的你争我抢上汽车逃奔，我们紧追不舍。

子夜，追到了汉江，正准备兵进汉城，上级来了命令：撤退。听说是战略转移。

这次汉江撤退，敌人很快就知道了。他们进行了反攻，飞机、大炮、坦克与集团军，齐向我阵地压来。我军防线补充了一些新兵，由于没有战斗经验，虽然打退了敌人的几次反扑，在黎明前，中路的防线还是被敌人突破了。我们加速后撤。在撤退中，我看到有一门骡马大炮掉在沟里，一头拉大炮驾辕的大青骡子躺在沟里，肚子被炸弹打穿一个洞，肠子和鲜血淌了一地，它不时抬起头看看远方。我看见它的脖子上挂着两枚解放战争中的立功勋章，闪闪放射光芒。它四蹄乱蹬，突然它睁大眼睛，高高扬起了头，对天长鸣，似在发出生命不息、战斗不止的呼喊。看到这里，我痛心地哭了。

记不得是什么时间了，我们从前线转到后方，在一个名叫龙洞里的山沟进行休整。吃过晚饭，太阳已经落山了，心里闷得慌，便向对面的小山走去。当时以为敌机不会来了，加之有长期和敌机周旋的经验，凭知觉，听声音，就可以判断敌机是路过、盘旋、扫射、投弹，都可以对付它（防空）。加上我们的战鹰出动了，就放松了警惕。

我刚从前线下来，心中很乱，想到了死去的战友，看到惨遭敌人杀害的无辜的朝鲜人民，被践踏了的朝鲜锦绣河山，一幕幕呈现眼前，低头慢慢向山冈走去。

突然有人猛力推了我一把，口中喊着："道木（同志），边机拉扫（飞机来了）!"这时我像从梦中惊醒，回头一看，是一位十二三岁的朝鲜小姑娘。两架野马式敌机正在上空盘旋，我知道自己暴露了目标，急忙和小姑娘一起趴在附近一块大石头的后面。敌机嚎叫着向我们扫射，嗒嗒嗒，子弹像一阵疾风暴雨扫了下来，打在石头上直冒火星子，敌机扫射后，慌忙逃跑了。

我站了起来，拍打一下身上的尘土，向小姑娘道谢。抬头一看，我怔住了，小姑娘受伤了。她的小腿中弹了，黑色的裙子染上了鲜红的血。小姑娘秀丽的脸蛋上闪动着一双明亮的眼睛，正凝视着我，没有一点惊怕神色。我看看可爱的小姑娘，心中深感内疚，忙从上衣兜里取出急救包，给她包扎受伤的小腿，心里一热，眼睛湿润了。小姑娘没有表现出任何痛苦，笑了笑安慰我说："道木（同志），一路嗷不少要（不要紧）。"

那天晚间，我想向领导请假，上医院去看望经受生与死的考验、失去了父母和亲人的小姑娘，那是我的救命恩人。因为突然接到了上级通知，马上跟随部队转移，当晚就出发了。我怀着依依惜别的心情，离开了龙洞里驻地。队伍出发后，我面向东方，站了很久，默默叨念："亲爱的小妹妹，再见了，祝你早日恢复健康!"意想不到，1951 年 12 月 1 日，我们奉命回国，在当地群众为我们送行的队伍中，我竟然见到了伤势已经痊愈的这位朝鲜小姑娘。

2016 年 4 月 26 日

（根据家兄吴仲三回忆录整理）

图书在版编目(CIP)数据

那年好大雪 / 吴宝三著. - - 北京 : 中国文史出版社, 2021.3

(中国专业作家作品典藏文库 . 吴宝三卷)

ISBN 978 - 7 - 5205 - 2555 - 8

Ⅰ. ①那… Ⅱ. ①吴… Ⅲ. ①散文集 - 中国 - 当代 Ⅳ. ①I267

中国版本图书馆 CIP 数据核字(2020)第 226818 号

责任编辑：牟国煜

出版发行：**中国文史出版社**

社　　址：北京市海淀区西八里庄路 69 号院　邮编：100142

电　　话：010 - 81136606　81136602　81136603（发行部）

传　　真：010 - 81136655

印　　装：廊坊市海涛印刷有限公司

经　　销：全国新华书店

开　　本：720 × 1020　1/16

印　　张：18　　　字数：180 千字

版　　次：2021 年 3 月第 1 版

印　　次：2021 年 3 月第 1 次印刷

定　　价：59.80 元